Cap. I – L'incontro

Lamberto aveva preso la macchina quella mattina perché aveva il motorino dal meccanico. Avrebbe dovuto cambiare la cinghia di trasmissione al suo "Scarabeo" dopo quasi 10.000 km. Al padre quel giorno la macchina non serviva e così Lamberto se ne era impossessato, dopo averne chiesto ed ottenuto il permesso. Dal quartiere Trieste dove viveva, in Via Spalato, Lamberto raggiungeva così l'Università "la Sapienza", trovando anche un bel parcheggio nelle strette vicinanze di Piazzale Aldo Moro. Aveva avuto la fortuna di percorrere la via giusta nello stesso momento in cui un'altra auto stava uscendo dal parcheggio. Essendo il primo aspirante al parcheggio, in attesa che l'altra auto uscisse, si aggiudicava con facilità il posto, che era addirittura sulle strisce bianche. Una giornata nata sotto una buona stella.

Era un giorno di giugno dell'anno 1985. Una bella giornata assolata, con quel caldo deciso ma non fastidioso, e con un leggero maestrale nell'aria. Quel giorno aveva 3 ore di lezione presso il "suo" Istituto di "Scienze Statistiche ed Attuariali ", la prima dalle 9,00 alle 11 e la seconda dalle 12 alle 13,00. All'uscita si intratteneva con un compagno di corso, cui proponeva di andare a mensa. Ma ricevendo un diniego, decideva di andare da solo.

Lamberto è un ragazzo 20enne, alto 1 metro e 82 cm., longilineo, capelli ed occhi neri, sopracciglia folte, spalle robuste anche in ragione della pallanuoto che pratica da circa 8 anni, bacino stretto, vestito con un jeans e Lacoste verde. Arrivato a mensa riempie il suo vassoio e va a sedersi in un tavolo libero.

A distanza di pochi secondi una ragazza gli chiede:

"Posso?"

Non essendoci più tavoli vuoti. Lamberto la prega di accomodarsi.

Maria è una ragazza bionda, occhi verdi, capelli lunghi fermati dagli occhiali da sole, vestita con una gonna leggera e svolazzante di colore chiaro e con disegni fiorati, ed una polo rossa. Ai piedi dei sandali estivi. Anche lei è una sportiva e pratica la pallavolo a livello agonistico in una squadra di promozione della capitale.

Lamberto osserva che Maria non ha preso un primo piatto, ma solo una caprese ed un po' di verdura lessa, a differenza di lui che non ha rinunciato alle penne all'arrabbiata come primo, oltre al resto.

Cominciano a consumare il pasto in silenzio, rotto dopo un po' da Lamberto che le chiede se la mozzarella che Maria sta gustando sia di bufala. Una banalità per rompere il ghiaccio.

Maria per prima cosa gli chiede come si chiama e con l'occasione i due si presentano dandosi la mano. Maria nota una stretta decisa con una mano ferma, ma elastica al tatto il che, pensa, è probabilmente da intendersi come indice di salute e allegria. Dopo alcune battute Lamberto si rende conto che la sua attenzione si sofferma molto sulla bocca di Maria, che trova seducente. Ma non è solo quello. Gli piace il modo in cui Maria si è posta, il modo con cui mangia, la sua postura, la sua compostezza, ed anche un tono del suo eloquio che mostra una decisa personalità. In buona sostanza ne riceve il fascino. La sua è una condizione di assoluta passività progressivamente consapevole, della quale egli è piacevolmente pervaso.

Anche Maria apprezza però, dopo i primi scambi verbali, lo sguardo di Lamberto deciso, penetrante, indagante. Dopo qualche minuto di conversazione, sembra che ognuno di essi si capaciti del vicendevole e ricambiato interesse per l'altro e la conversazione si fa più vivace. Maria è al primo anno di Lettere e Lamberto al secondo di Scienze Statistiche e Attuariali. Maria vive a San Lorenzo in una casa in affitto che divide con una amica. All'uscita Lamberto le chiede di venire con lui al bar a prendere un caffè e Maria accetta. Lamberto comincia a fare un po' lo spiritoso e camminando accanto a Maria non può fare a meno di notare i bei piedi di Maria, il suo addome piatto nel contesto di un portamento disinvolto e deciso.

"Come mai stai facendo lettere?"

"Per due motivi. Mi piace la lingua italiana e mi piace l'insegnamento "

"Ma diventare insegnante non è facile e poi si è mal pagati "

"Mi accontenterò. Il rapporto con i giovani mi stimola "

“In che senso?”

“Sei costantemente informata delle novità e di ciò che bolle in pentola tra i ragazzi, e questo mi intriga. Poi fornire loro una istruzione e criteri comportamentali di vita mi stuzzica altrettanto. E tu perché stai facendo Statistica? “

“E’ la meno esatta delle scienze esatte. L’ho presa perché mi piace la matematica e credo possa trovare una applicazione interessante nell’attività di mio padre, cui vorrei dare continuità. “

Lamberto si rende conto che vorrebbe fare colpo su Maria e ricorre a qualche battutina ad effetto per suscitare ilarità.

“Se poi mi va male verrò a lezione da te “

“Spiritoso. Magari manderai i tuoi figli da me “

Maria ride ma si rende conto anche lei di aver avuto conferma delle sue impressioni mentre stavano a tavola. Lei aveva guardato con insistenza le mani di Lamberto che trovava curate e fascinose, avendone sentito il vigore misurato ma elegante della stretta per presentarsi. Erano mani grandi che sembravano rivelare una natura sensibile ed analitica. Era solo una sensazione ed una intuizione, che però ricevevano continue conferme a pelle.

Lamberto chiede a Maria che lezioni avesse nel pomeriggio e Maria gli risponde che non ne avrebbe avute, come peraltro Lamberto. Maria aggiunge che quel giorno aveva deciso straordinariamente di recarsi a mensa, non avendo nulla da mangiare a casa. Lamberto invece frequentava la mensa con relativa assiduità e ricevette la spiegazione del perché non avesse mai incontrato lì Maria, pensando tra sé e sé che non le sarebbe mai sfuggita una ragazza del genere.

Lamberto chiede a Maria di accompagnarlo alla sua auto in Piazzale Aldo Moro ed insieme si incamminano parlando. Giunti dinanzi alla sua macchina Lamberto le offre un passaggio a casa. In auto si avviano verso San Lorenzo e Lamberto osserva che è la strada che percorrerebbe se dovesse andare ad Ostia.

“Mi piace il mare”, aggiunge Maria, e Lamberto non si lascia sfuggire l’occasione di invitarla a prendere un gelato sul lungomare di Ostia.

Nel corso del viaggio Lamberto nota le belle gambe di Maria che gli siede accanto e solleva un po’ la gonna per il caldo. Nota una pelle quasi dorata e vellutata con un pizzico di abbronzatura. Tutto ciò contribuisce solo ad accrescere in lui la consapevolezza di trovarsi di fronte ad una ragazza che lo attira fortemente. Arrivano ad Ostia.

È un bel pomeriggio estivo. Il mare è leggermente increspato ed il sole che volge al tramonto comincia a riflettere sulle onde i suoi riflessi argentati, quelli molto bel visibili con gli occhiali da sole con lenti polarizzate.

Lamberto offre a Maria un gelato e, percorrendo il lungomare, i due raggiungono anche una piazzetta dove esiste un famoso negozio che vende le bombe calde con la crema. Lì è Maria ad offrirne una a Lamberto.

Si va verso sera ed i due decidono di andare sulla spiaggia a godersi il tramonto. Passando di fronte ad un negozio Lamberto acquista un asciugamano del quale afferma di averne bisogno per l'estate.

Arrivano su una spiaggia libera e distendono l'asciugamano sul quale siedono l'uno accanto all'altra. Il rosso vespertino del tramonto è molto romantico e Lamberto, fortemente attratto da Maria, le prende prima la mano e, avvertendo di essere corrisposto, la bacia. Maria si abbandona alle braccia di Lamberto, che sono robuste, ed i baci che seguono sono vicendevolmente appassionati.

Cap. II- Il rapporto sessuale

Intanto si fa sera e nelle vicinanze c'è una barca adagiata sulla sabbia, inclinata. Lamberto cerca la complicità di Maria, ottenendola, ed i due trovano riparo dietro la barca.

Adagiato l'asciugamano sulla sabbia l'amplesso si fa più "corposo "e Maria sussurra a Lamberto di essere in un periodo a rischio. Così gli chiede se lui disponga di una "protezione". Lui le risponde di non averne con sé e Maria, data la eccitazione del momento, gli chiede di usare la tecnica del “coniglio“. Lamberto le rivolge un cenno di intesa, mentre entrambi convengono , con sguardi eloquenti, che la circostanza non incoraggi molto una brusca interruzione delle operazioni in corso, per recarsi in farmacia. Sicché consumano appassionatamente e Lamberto riesce a seguire i suggerimenti di Maria, anche se ha la vaga sensazione di aver fatto l’operazione da lei suggerita senza la opportuna tempestività. Poco gli importa.

Il “dopo” si consuma al fresco della brezza serale sulla spiaggia , mano nella mano.

“E’ stato bello” , dice Maria.

“Si , Maria . anche a me è piaciuto molto. In questa cornice poi non mi era mai capitato.”

“ Neanche a me”, risponde Maria e “neanche con tanta tempestività e tanto slancio. Evidentemente hai fatto colpo , ragazzo “

Lamberto annuisce tra il compiaciuto , il lusingato e “lo scontato”, nel senso di dare l’impressione che, con lui in campo, non potesse che essere così. Tale atteggiamento non piace tanto a Maria.

Nel corso del ritorno a casa Maria tiene la sua mano sulla gamba destra di Lamberto, che non corrisponde, tenendo entrambe le mani fisse sul volante.

"Sono stata bene", dice Maria. È stata una gran bella giornata, che non pensavo potesse avere tali sviluppi. Non mi era mai capitato con una passione così improvvisa e travolgente".

"Evidentemente il nostro incontro ci ha portato in questa direzione "risponde Lamberto.

"Ora che faremo? "chiede Maria.

Segue un breve ma intenso silenzio da parte di Lamberto.

"Che faremo? Ci sentiremo.... "aggiunge poi Lamberto.

Maria prende una penna e scrive a Lamberto il proprio recapito telefonico di casa.

“Ed il tuo? “, chiede a Lamberto.

E Lamberto le detta il proprio numero di casa. Maria glielo rilegge 2 volte e lui lo conferma.

Arrivano sotto casa di Maria e Lamberto saluta in macchina Maria baciandola in bocca.

Maria gli chiede se voglia salire a prendersi un succo di frutta ma lui le dice che è abbastanza stanco e preferisce andare a casa, suscitando in Maria un lieve stupore, da lei stessa però censurato perché giudicato senza motivo.

Il giorno successivo Maria attende invano a casa la telefonata di Lamberto.

Il giorno dopo ancora, nel perdurante silenzio, Maria prende il telefono e cerca di chiamare Lamberto. Purtroppo una voce automatica alla risposta l'avvisa che si tratta di un numero inesistente. Riprova, temendo di aver formato male il numero, ma la stessa voce ripete la medesima risposta, che lei stenta a credere. Eppure Lamberto quel numero glielo aveva confermato per ben 2 volte, su sua richiesta. Come poteva mai essere? Peraltro Maria non aveva altre coordinate per cercarlo. Sapeva che abitava nel quartiere Trieste ma non gli aveva chiesto neanche il cognome. Ci sarebbe stato tempo anche per questo, ma improvvisamente il castello crollava.

Maria sapeva solo che Lamberto frequentava il secondo anno di Scienze Statistiche ed Attuariali. Tuttavia, riflettendo bene sull'accaduto, Maria ritiene di non andarlo più a cercare, ritenendo voluta e studiata la posizione di Lamberto, per evitare ulteriori contatti con lei. D'altronde egli disponeva del numero di telefono di Maria e, volendo, avrebbe potuto farsi vivo. Il silenzio dei giorni successivi diede a Maria la frustrante conferma dei propri sospetti.

La delusione fu forte in lei, perché non si era concessa a Lamberto per passare il tempo, ma perché Lamberto le piaceva. Quindi la delusione la pervade ed anche la delusione per sé stessa, non capace di riconoscere un buffone come Lamberto. È come essere vittima di un raggiro, pensa, della improntitudine di un ragazzo viziato, senza valori, che si prende gioco degli altri e soprattutto dei sentimenti degli altri.

Nei giorni successivi Maria cerca di smaltire la forte delusione, aggravata quotidianamente dal silenzio di Lamberto, che di giorno in giorno diviene granitico e non lascia più intravedere in lei speranze di sorta.

E' divisa dal desiderio di andarlo a cercare all'Università e quello invece di non volerlo vedere mai più. In effetti una bella sorpresina di fronte alla sua facoltà, solo per guardarlo in faccia e dirgli che è un buffone , un uomo che non vale niente, la stuzzica. Ma il tempo che dovrebbe dedicare ad un improbabile incontro , le poste che dovrebbe mettersi a fare , per poi magari fallire, certamente non la incoraggiano.

Alla fine Maria rinuncia con convinzione a mettere in campo le proprie risorse per una persona di così scarso valore, consapevole che il tempo preferisce dedicarlo allo studio, agli amici, ed allo sport delle pallavolo che pure la impegna con due allenamenti alla settimana e la partita il fine settimana.

Ma a tutto c'è una risposta, pensa. E nella vita c'è sempre una nemesi.

Cap. III – La gravidanza e la scelta

Il tempo passa e, dopo una quindicina di giorni, Maria nota un ritardo nel proprio ciclo mestruale, ma ciò non la impensierisce perché di ritardi ne ha avuti già in passato ed il proprio ciclo ovulatorio non è decisamente un orologio.

Dopo una settimana circa le viene però del vomito, immotivato. Non aveva mangiato alcunché di strano. La stessa cosa si ripete dopo due giorni. Maria si rende conto che potrebbe essere rimasta incinta dal rapporto con Lamberto e si reca in farmacia per acquistare lo stick con il test di gravidanza.

A casa il test si rivela positivo e Maria ne rimane sbigottita. Lo ripete e le da lo stesso risultato.

Lo ripete anche la mattina successiva, ma sempre positiva è la risposta. Per avere ulteriore conferma si reca dal proprio curante che le prescrive il dosaggio delle

BHCG. Anche questo esame del sangue conferma la propria condizione di gravidanza. Tutto ciò getta Maria in un clima di forte apprensione.

Maria è orfana di entrambi i genitori, deceduti pochi anni prima, per incidente stradale. È una sorella della madre, Zia Peppina, vedova 66enne senza figli e con buone disponibilità economiche, che la sostiene negli studi.

Zia Peppina le paga l'iscrizione alla Università e le versa 2 milioni di lire al mese sul conto, per far fronte all'affitto ed a tutto il resto. È contenta ed è sicura che sia un buon investimento per la sua adorata Maria, la quale la ricambia con frequenti visite al paese dove Zia Peppina vive, nelle vicinanze di Roma, a Sutri, nel Viterbese. Maria inoltre arrotonda un po' le sue entrate con qualche ora prestata da baby sitter presso famiglie di sua conoscenza.

"Neanche la gioia di poter dare un nipotino ai miei genitori ", pensa Maria, che ritiene di non dire alcunché alla Zia Peppina. Forse non lo avrebbe detto neanche ai "suoi", visti gli sviluppi della vicenda ma questo, purtroppo, oramai poco la interessa.

Maria pensa che, nelle condizioni nelle quali si trova, sarebbe meglio abortire. Mai avrebbe pensato di ricorrere a tale soluzione nella propria vita, anche in ragione della educazione cristiana ricevuta dai propri genitori. Tuttavia lo studio, al quale preferisce dedicarsi con profitto, anche per trovare presto una indipendenza economica per affrancarsi dal contributo offertole della Zia Peppina, la inducono a orientarsi sulla scelta abortista. Tale indipendenza, pensa Maria, si rende viepiù importante per porsi al riparo da persone come Lamberto.

Dopo pochi giorni Maria si reca all'IVG (Interruzione Volontaria della Gravidanza) del Policlinico Umberto I , e lì viene accolta con molta cortesia dalle addette le quali, ascoltata la descrizione della sua situazione, le comunicano che dovrà prima recarsi al consultorio per parlare con lo psicologo.

“A cosa serve? “chiede Maria.

“Questo impone la Legge, la 194 del 1978, il cui spirito va nella direzione di sostenere la donna in questa fase delicata, purché ella sia adeguatamente informata su tutte le altre possibili soluzioni alternative rispetto all’aborto e sulle conseguenze psicologiche di un intervento che si voglia definitivamente intraprendere, purché scelto in modo consapevole e responsabile.

Dopo 3 giorni Maria si reca al consultorio, che peraltro ha a pochi metri da casa a San Lorenzo.

Lì parla con la psicologa, che la informa su tutti i possibili sviluppi del caso, non tralasciando la possibilità di portare avanti la gravidanza, per poi abbandonare il bambino subito dopo il parto. La dott.ssa fa presente a Maria che può presentarsi in sala parto, avendo due possibili soluzioni:

a) Quella di rivelare il suo nome, che viene chiamata come la posizione “n” (nominata);
b) Quella di non rivelare il suo nome, che viene chiamata come la posizione “nn” (non nominata);

La psicologa la congeda raccomandandole di pensare bene

alla soluzione per almeno una settimana

Maria si congeda dalla psicologa con un vortice di idee e di stati d'animo, cui cerca di dare ordine.

A casa, Maria ne parla con la sua amica Anna, con la quale divide le spese per l'affitto e con la quale ha instaurato un vero rapporto di amicizia e collaborazione. L'aborto è una cosa che preferirebbe senza dubbio evitare, ma le consentirebbe di non proseguire una gravidanza non voluta, di non sentire il proprio figlio crescere di giorno in giorno dentro il proprio ventre, ascoltandone la presenza, subendone i movimenti, affezionandosi poi anche a lui, pur non conoscendolo.

La soluzione dell'abbandono "post partum" è un altro trauma per motivi diversi. Dopo aver tenuto in grembo il proprio figlio, ed averlo dato alla luce, il taglio del cordone ombelicale costituirebbe il distacco definitivo da lei, magari dopo avere avvertito il dolore di un parto, ma anche il profumo di una nuova vita da lei stessa generata.

Parlandone con Anna, Maria trova questa seconda ipotesi più praticabile, ed è quella che probabilmente le avrebbe suggerito la madre sapendola in tali condizioni. Ovvio che con i propri genitori viventi il bambino avrebbe avuto un altro destino, al quale Maria si sarebbe volentieri adattata. Destino che non era minimamente pensabile proporre alla Zia Peppina, che non aveva avuto figli ed era anche un po' malandata.

Maria scelse pertanto di tenere il bambino ma per far ciò si impose di non fare drammi in occasione della sua nascita e mantenne questo proposito, irrobustendolo consapevolmente e progressivamente durante tutta la gestazione.

Nelle prime settimane di gravidanza Maria accusa pancia gonfia e cefalea. Si reca presso il proprio curante, al quale racconta non tanto la storia ma i propri propositi di abbandono del figlio, chiedendo ovviamente il massimo riserbo. Il medico le assicura il vincolo del segreto professionale.

La gravidanza va avanti e Maria scopre che è anche un buon sistema per alcuni privilegi. La fila agli sportelli, il posto a sedere nei mezzi pubblici, e perfino il trattamento ricevuto nel corso degli esami all'Università dove viene inviata a sostenere gli esami con assistenti giovani che le facilitano la vita.

Ma Maria non necessita di favori perché studia diligentemente ed è assai intelligente, e sicché inanella una serie di trenta e lode grazie alla sua preparazione ed al suo pancione. Ma il merito, a ben vedere, è tutto il suo.

Nei mesi successivi avverte una lieve alterazione del gusto e dell'olfatto, a volte acidità di stomaco e nausea ma nel complesso la gravidanza va avanti bene.

Maria non avverte alcuna pulsione indirizzata al ripensamento dei propri propositi, sebbene la presenza di quel corpicino nel proprio ventre non inocula in lei grande entusiasmo per i propositi che ha scelto di perseguire. Ma rimane ferma e decisa.

Consapevole peraltro di contribuire a non indebolire l'incremento demografico, ma sempre più convinta di essere vittima dell'irresponsabilità maschile.

Quando si avvicina la fine della gestazione, Maria avverte i movimenti del nascituro, che sembra far capriole all'interno della sua pancia. Maria teme per la sua salute ipotizzando un arrotolamento del cordone ombelicale intorno al collo ma gli accertamenti ecografici cui si sottopone escludono categoricamente tale possibile complicazione.

Maria si rende conto di riuscire quasi a comunicare con il figlio e questo accresce da una parte la componente affettiva che lei però deliberatamente vuole respingere.

Nelle ultime settimane precedenti il parto, Maria vive questa esperienza con molto silenzio in casa, ove si apparta per sedersi in una poltrona senza ascoltare musica, radio o TV e dicendo spesso ad Anna di lasciarla sola.

Maria si rende conto che l'apprensione per la salute del nascituro e le ansie in vista del parto sono in crescita.

Cap IV - Il parto

Dopo i 9 mesi canonici, una sera si "ruppero le acque" e la sua amica e coinquilina, Anna, accompagnò Maria al Policlinico Umberto I per il parto. Era il 21.3.1986 e la valigia era già pronta.

Arrivati in Ospedale, Maria fu portata in sala parto di urgenza e lì lei disse al medico di turno che, a seguito di accordi con la assistente sociale del consultorio, optava per l'abbandono del bambino con la formula "N.N.", cioè non nominata. Il parto fu veloce, peraltro eseguito alla presenza di una ginecologa. E così, appena partorito un bel maschietto attraverso un parto eutocico, Maria lo guardò ma riferì agli operatori che non avrebbe voluto neanche toccarlo, preferendo che lo portassero subito via. Fece una grande violenza a sé stessa, ma rispettò i propositi che nel tempo si era data.

Quella che lei si era costruita nel tempo come scelta determinata ed irremovibile, sembrava di colpo crollare di fronte ai gemiti del figlio, che sembravano chiamarla vicino a sé. Per Maria fu una sofferenza interiore di vasta portata, lacerante, una sofferenza che andava a contrastare il primo istinto naturale per una donna, quello materno.

Le vennero in mente le belle parole di colui che disse: "Dio creò la donna affinché ognuno di noi potesse avere una madre sulla terra".

Maria si rese conto di quale portata possa essere apostrofare una donna come “madre snaturata”. E lei stava dando corpo ad una madre snaturata? Forse sì, ma non aveva scampo e continuò a perseguire i suoi propositi, sui quali tanto aveva meditato, anche se la meditazione teorica non aveva nulla a che vedere col comportamento “in campo “. Tutt’altra cosa. Una lacerazione così forte che non avrebbe mai immaginato.

Il giorno dopo Maria ricevette la visita dell’assistente sociale dott.ssa Roberta Mariotti che avviò la formalizzazione della pratica dell’abbandono, unitamente a quella della dichiarazione della nascita del bambino presso l’Anagrafe del Comune di Roma, da effettuarsi insieme con l'ufficiale di stato civile dell'Ospedale e con la ginecologa che aveva assistito al parto.

Nel giorno del parto Maria pensò a Lamberto ed immaginava quale sensazione avrebbe mai potuto determinarsi in lui nel sapere quanto accaduto. Forse un macigno, o forse un topolino. Non riusciva a delineare bene il tipo di reazione, avendo a disposizione pochi elementi di conoscenza, elementi sui quali peraltro lei stessa si era costruita una immagine completamente diversa da quella che in realtà si era poi rivelata essere in tutta la sua miseria umana. Era stato sicuramente un insuccesso anche per lei, lei che mai avrebbe potuto pensare, nel corso della breve conoscenza di Lamberto e del loro veloce rapporto, ad un soggetto così insensibile, cinico e sprezzante nei confronti degli altri.

Lamberto è il figlio unico di una famiglia benestante, con il padre piccolo imprenditore, titolare di una impresa di meccanica di precisione, e la madre funzionario amministrativo presso il Ministero della Salute. Non gli è mai mancato alcunché, ha sempre avuto molti amici ed è cresciuto avendo sempre molte ragazze a lui interessate, senza farsi mancare l'occasione di approfittare di tanta disponibilità.

I suoi genitori, di questa componente comportamentale di Lamberto e delle sue dinamiche relazionali con le ragazze, non ne hanno mai saputo granché, alimentando un po' il luogo comune che un maschio in tale ambito, quello sentimentale e sessuale, possa essere più libero.

"Approfittare" di una ragazza per Lamberto significa avvicinarsi ad essa simulando un interesse che è solo passeggero e finalizzato ad "avvicinamenti" occasionali, senza spessore alcuno nei rapporti interpersonali. Insomma il classico tipo che, una volta ottenuto quel che voleva, considerava chiusa l'esperienza, a volte con appendici, ma più spesso senza. Il classico tipo che considera la donna come un oggetto, come lo strumento per soddisfare i suoi desideri, le sue scariche escretorie, senza alcuna profondità umana che lo spingesse mai a desiderare di conoscere più intimamente la personalità e la coscienza di colei che affiancava, che pertanto era il giocattolo di turno, la bambola da far sedere sul sofà, purché buona ed in silenzio. La donna considerata solo come un soggetto da avvicinare con la finalità di soddisfare il proprio piacere, per mezzo di compagnie occasionali.

Non una grande consapevolezza culturale, quella di Lamberto, al di là di ogni forma di istruzione che stava coltivando presso la Università. Un qualunquista, un egoista, un maschilista, uno con il potere della giovinezza e della bellezza, elegante solo esternamente, ma arido nella sua misera coscienza. Maria ne aveva fatto le spese imbattendosi in questo soggetto, ingannata solo dal suo modo di fare, dalla sua bellezza e dalla sua simpatia che però nascondevano uno zombie dal punto di vista umano.

Alle dimissioni dall'Ospedale, Maria non andava a cercare il proprio bambino, faceva la valigia e salutava il personale del reparto.

Nel frattempo le infermiere del reparto avevano dato un nome al bambino, un nome di utilità, di comodo, per distinguere il bimbo dagli altri bimbi presenti nel nido. Questo nome era: LUCA. Ma a Maria non fu rivelato. Non ce ne era bisogno.

Cap V – Il rientro a casa

Maria tornava a casa e riprendeva la sua vita quotidiana. Nessuno aveva saputo della sua esperienza, a parte Anna, la sua coinquilina. Il palazzo ove abitava era formato da gente anziana o da studenti, in affitto come lei, e nel corso dei vari incontri casuali nell'ambito condominiale nessuno le aveva mai chiesto alcunché della sua gravidanza.

Maria peraltro si era mossa sempre con molta accortezza nel corso dei 9 mesi di gestazione, recandosi a fare la spesa presso il supermercato un po' più distante rispetto a quello più vicino a casa.

Aveva in buona sostanza messo in atto una serie di iniziative volte ad allontanare la curiosità e la semplice conoscenza di persone indiscrete.

Dopo il parto, riprendeva pertanto a frequentare il supermercato vicino casa e ad uscire di casa in modo più disinvolto guardando bene in faccia chiunque.

Il quartiere di San Lorenzo necessita di alcune narrazioni. L'urbanizzazione della zona si può far risalire tra il 1884 e il 1888 e la collocazione è oltre le mura Aureliane . Da qui " San Lorenzo fuori le mura ". Lo sviluppo urbanistico era finalizzato ad accogliere gli operai che arrivavano nella capitale alla fine del 1800 per il fenomeno della industrializzazione e della fuga dalle campagne. La tipologia delle abitazioni è di tipo popolare e vide l'insediamento di ferrovieri, operai e artigiani.

Fu l'unica zona di Roma in cui fu tentata una resistenza alla Marcia su Roma nel 1922 e ciò le valse l'appellativo di " quartiere rosso ", come peraltro "Testaccio ". Il 19 luglio del 1943 San Lorenzo ricorda un forte bombardamento ad opera degli americani . Ben 4000 bombe che provocarono 3000 morti circa.

San Lorenzo viene ricordata anche per gli anni della contestazione studentesca e vide l'insediamento di gruppi come "Lotta Continua " in Via dei Piceni, "Potere Operaio " in Via dei Volsci , ed il " Movimento Studentesco" in Via dei Marrucini.

Oggi San Lorenzo è particolarmente abitato da studenti della vicina Università “ La Sapienza” , oggi “ Sapienza Università di Roma “, l’ateneo più grande d’Europa con quasi 150.000 iscritti. Ovviamente l’insediamento di tanti giovani studenti ha permesso il fiorire di attività commerciali quali pub, birrerie, trattorie, pizzerie e associazioni culturali, e lo sviluppo di una consistente vita notturna, con epicentro in Piazza della Immacolata. Ciò ha comportato che molti abitanti storici del quartiere si siano allontananti per affittare le proprie abitazioni agli studenti. Tuttavia il quartiere non ha perso la romanità che pervade storicamente la coscienza della gente del posto.

Prova ne sia che Maria, camminando per Via dei Reti , vicino casa, incrocia un ragazzo scuro di carnagione , un romano di “colore”, cioè non un tipo pallido, ma dal colorito olivastro. Il ragazzo aveva un paio di jeans sdruciti , anche se questo oggi è un requisito di pregio, una maglia con qualche patacca, stivaletti a punta ed andatura un pochino spavalda. Non il massimo dell’eleganza. Ad un certo punto passa un’auto ed un altro ragazzo, da dentro , col finestrino abbassato , si rivolge a lui , dicendogli “ A seppia, te saluta er caracca “. “ Er seppia” lo saluta, lasciando chiaramente intendere che tra i due vi fosse una conoscenza consolidata.

E qui dobbiamo necessariamente intrattenerci brevemente sui soprannomi romani.

E’ abbastanza intuitivo come “ Er seppia “ si riferisse al colore olivastro della pelle di quel ragazzo .

“Er caracca” invece dà esattamente l’idea di un soggetto dalle mani facili , facile cioè alla sopraffazione fisica. Considerato il tipo di soggetto che poteva almeno sembrare “ er seppia”, dava proprio l’idea che “ er caracca “ stesse aspettando l’occasione per regolare a suo modo qualche conticino con lui.

Ma di soprannomi ce ne sono una infinità.

Un ragazzo che aveva preso il furgone del padre, all’insaputa di questi, ed aveva investito due rom , passò alla storia come “Furgone “.

Un altro che da giovane faceva l'elettricista e che lavorando prese una scarica di corrente trifase a 380 volts (prese la schicchera), passò alla storia come " Scintilla ".

Quel soggetto che viene notato per un certo opportunismo, per il frequente chiedere piccoli prestiti , mai restituiti, che scrocca passaggi in macchina senza mai mettere le mani in tasca per avere il piacere di contribuire al costo del carburante o, semmai, per offrire un caffè ma magari sempre pronto a accettarne , viene facilmente affrancato con il soprannome di " Er cedola ".

"Er murena " ad esempio , è un tipo cattivo e particolarmente aggressivo.

Tornando a Maria, quanto le era accaduto non era affatto stato dimenticato né tanto meno superato. Nelle notti successive alla propria esperienza gestatoria, Maria faceva strani sogni vedendosi nel corso di un allattamento mai posto in essere, nel provare la fantastica sensazione di sentire una bocca suggente sul proprio seno, vedendosi addirittura passeggiare in un parco spingendo una carrozzina. Tutte immagini vive nella sua fantasia, ma praticabili nella realtà solo da chi poi fosse stato l'assegnatario del bambino in affido o adozione che sia.

Il tempo, come è facile immaginare, smorzava soltanto certe pulsioni consce ed inconsce ricorrenti, ma certamente mai agendo come un colpo di spugna sul passato. E Maria pensava a come invece le cose sarebbero potute andare con un ragazzo soltanto un po' più responsabile. Questa esperienza peraltro la allontanava da ulteriori interessi verso altri ragazzi, non potendo ignorare le attenzioni anche fugaci od occasionali delle quali, soprattutto nell'ambito universitario, era frequentemente oggetto da parte di compagni di facoltà e non solo.

Quel venerdì pomeriggio Maria rientrava a casa verso le 18,00.

"Hai preso le patate, le salsicce ed il prosciutto?", le chiese Anna.

“Certo che sì, ho fatto come mi avevi detto. In più ho preso 4 etti di tonnarelli freschi, che ne dici?”

“Ottima idea, credo che Giulio apprezzerà “

Giulio era il ragazzo di Anna, atteso a cena verso le 19,30.

Anna stava preparando un bel piattino: “Tonnarelli con patate e salsicce”.

“Mi spieghi come si fa?” chiese Maria ad Anna.

“Semplice: lessi 2 patate e cuoci le salsicce aperte e disperse in padella con poca cipolla. Sbucci le patate e le metti in una scodella. Lessi poi la pasta lasciandola al dente e con l’acqua della pasta fai una crema con le patate ed il pecorino grattugiato. Infine ripassi in padella la pasta con la salsiccia e la cremina già pronta e servi. Più tardi mi dirai "

Alle 19,20 arrivava Giulio e si misero a tavola.

"Una vera delizia, dissero in coro Maria e Giulio"

Anna aveva la passione della cucina ed aveva anche acquistato un vino, un "Cesanese del Piglio", da accompagnare al primo piatto in tavola. Poco vino, perché Giulio doveva poi guidare. Dopo la pasta, un po' di prosciutto di Parma e qualche verdura lessa e furono pronti ad uscire.

Dopo oltre due mesi dall'accaduto, Anna aveva invitato Maria ad una festa universitaria presso un locale, organizzata nell'ambiente di architettura che Anna frequentava. Maria andò con Anna e Giulio. Anna faceva architettura con Giulio e Giulio aveva alcuni amici ai quali presentò Maria. Tra questi un certo Fabio, un bel tipo al quale Maria fece subito una ottima impressione. Qualche ballo di gruppo, un aperitivo al bar, dove Fabio l'aveva opportunamente invitata, ma Maria si sentiva ancora molto condizionata. Ogni domanda rivoltale da Fabio, ogni attenzione a lei riservata, ogni scambio di opinioni o di esperienze, tutto le appariva come finalizzato ad approfittare di lei, come Lamberto già aveva fatto. Era fortemente prevenuta ed anche Fabio percepiva però questo distacco, questa forma di diffidenza precostituita e neanche si avventurava a chiederle di rivedersi. Eppure Fabio non dispiaceva affatto a Maria che pensava che avrebbe potuto essere una “risorsa umana “per lei, se non fosse incappata nella disdicevole vicenda con Lamberto. Ma la ferita ancora non si era ancora rimarginata e ciò non le permetteva una serena e costruttiva disponibilità a costruire qualcosa con un'altra persona.

Rientrate a casa, Anna le chiedeva:

“Com’è andata con Fabio? È un bel ragazzo!!”

“Si, molto, ma dipende da me”, rispondeva Maria. “Non sono ancora in grado di avvicinarmi ad un uomo“.

“Ma dovrai pur girare pagina” aggiunge Anna.

“Non credere sia poi così semplice “dice Maria.

“Si, ma non devi mica andare a letto col primo venuto. Devi solo renderti disponibile a frequentare qualcuno per andare a vedere un film, a mangiare una pizza, a unirti ad altre persone. Se poi ne nascerà un coinvolgimento, ben venga “.

“Si, sono stata vittima di un coinvolgimento improvviso ed intenso, che tu conosci. Devo andarci coi piedi di piombo, le scene di amore violento ed istintivo sono scene da film, io ne sono stata vittima consapevole ma in buona fede, perché credevo di trovarmi di fronte ad una persona leale e responsabile “.

“Capisco, ma questo deve essere solo un insegnamento, non dimenticando le conseguenze che ha avuto. La tua vita però deve andare avanti ed il tuo futuro dovrà essere accanto ad un compagno che ti comprenda ad al quale tu possa aprirti per raccontare la tua esperienza “.

“Non so se avrò la forza di rivelare questo mio segreto. Temo che possa poi condizionare il futuro di entrambi. Ma ora è assolutamente prematuro ipotizzare certe situazioni. Solo quando mi troverò di fronte ad un compagno in carne ed ossa, mi renderò conto di quello che sentirò di rivelare del mio passato. Al momento rimane un mio segreto, che ti prego di aiutarmi a farlo rimanere tale “.

“Su di me potrai contare sempre, Maria “.

“Grazie, Anna “.

Con Anna, Maria coabitava da oltre un anno , cioè dall’inizio della propria esperienza universitaria. Maria viveva a Sutri con la Zia

Peppina, dopo essere rimasta orfana di entrambi i genitori , morti in un incidente stradale percorrendo di notte la Via Cassia, nei pressi di Capranica.

Da Capranica a Sutri vi è un tratto rettilineo che passa al di sotto di un ponte crollato . Purtroppo uno scontro frontale nella notte proprio in quel tratto comportò per entrambi la morte sul colpo.

L'incidente avvenne nel Settembre del 1982, verso le 23, di ritorno da una festa a Vetralla a casa di amici. Maria non ha mai capito se il padre, che era alla guida dell'auto, avesse un tasso alcolemico eccessivo nel sangue.

Segue un abbraccio tra Maria ed Anna.

Cap VI - Il nuovo incontro tra i due.

Il tempo passa. Sono trascorsi due anni dal parto, Maria è al terzo anno di Lettere e va avanti bene con gli esami.

E' una mattina di Maggio dal cielo sereno, ma leggermente velato.

Lamberto, al quarto anno accademico di Scienze Statistiche, esce da casa verso le 8:00 con il proprio scooter per andare a sostenere l’esame di Statistica metodologica. All’ingresso in Piazzale Aldo Moro riesce ad entrare dentro la città universitaria alla guida del proprio motorino e, dopo una abbondante colazione al bar vicino all'entrata con un bel cappuccino ben caldo e un danese al cioccolato, raggiunge la propria facoltà e parcheggia nelle vicinanze lo scooter, applicando gli antifurti del caso.

Prima di raggiungere l’aula incontra un suo collega il quale gli dice che il professore è già in cattedra e presto identificherà gli esaminandi.

Lamberto Franchetti, questo il suo cognome, viene chiamato verso le 11:30, dopo aver assistito ad una serie di bocciature per un buon 30% dei suoi colleghi. Ma lui ha molto approfondito e si è appassionato alla materia, frequentando anche gli appositi gruppi di studio; quindi decide di affrontare l'esame senza ripensamenti, certo di farcela.

La prima domanda riguarda la statistica descrittiva. Il professore gli chiede, tra l'altro, la differenza tra la statistica descrittiva e quella cosiddetta inferenziale.

Lamberto, correttamente, risponde che nella statistica descrittiva si dispone, in generale, di una serie di informazioni raccolte in via preliminare (relative all'intera popolazione dei casi osservati o ad un campione significativo della stessa), sulle quali è possibile effettuare svariate elaborazioni di carattere matematico, al fine di giungere al calcolo di specifici indicatori prescelti, in grado di descrivere sinteticamente alcune caratteristiche dell'insieme oggetto di studio.

Nella statistica inferenziale, invece, si dispone ugualmente di una serie di dati raccolti in via preliminare, ma molto contenuti rispetto al complesso dei casi in teoria osservabili, attraverso i quali si vuole giungere, seppure con prestabilite possibilità di errore, ad una conclusione o, più semplicemente, ad una vera e propria previsione. I dati costituiscono, in questo caso, la base informativa attraverso la quale poter formulare teorie e/o affermazioni di carattere più generale.

I campi di applicazione della statistica sono ovviamente i più disparati, spaziando dall'economia alla demografia, dalla sanità alle assicurazioni.

Il professore gli chiede quindi di rappresentargli 2 casi pratici.

Lamberto risponde che nel primo caso le percentuali di voto che, ad esempio, ricevono i partiti alle consultazioni elettorali consentono di poter affermare, con certezza, l'andamento del consenso in aumento o in decremento di una specifica compagine partitica, confrontandola con le precedenti consultazioni.

Nel secondo caso se, per ipotesi, si raccoglie all'uscita da un cinema il numero di persone che dichiarano di aver gradito un film, si può facilmente dedurre il successo che il film otterrà nelle sale, il tempo complessivo di proiezione nei circuiti cinematografici, il possibile incasso, etc. La tecnica è sostanzialmente simile a quella dei cosiddetti *exit poll*, utilizzati per le proiezioni elettorali.

Il professore, sul punto di assegnare il giudizio finale sul libretto universitario, si accorge che Lamberto ha già sostenuto l'esame di calcolo delle probabilità, che rappresenta una delle materie basilari della facoltà di Statistica, con una votazione peraltro molto elevata e decide, pertanto, di chiedergli a bruciapelo la formula per calcolare le probabilità di centrare una cinquina al gioco del lotto.

Lamberto con fare sornione, pur sapendo benissimo che quella domanda non rientra nella materia oggetto d'esame, illustra comunque correttamente la formula e arriva alla conclusione, conti alla mano, che con una semplice giocata si ha 1 possibilità su 43.949.268 di puntate complessive. Pertanto, nell'ipotesi di voler essere certi di vincere, e volendo puntare 1.000 lire su una sola ruota occorrerebbe investire decine di miliardi di lire. Ma nel migliore dei casi, il monte premi avrebbe di poco superato qualche miliardo di lire, poiché la quota che corrisponde il lotto è 6.000.000 di volte la puntata. Pertanto con 1.000 lire si vincerebbero 6 miliardi, me per avere la certezza di vincere ne occorrerebbero quasi 44 da giocare.

Lamberto esce dalla seduta di esame con un bel 28.

All’uscita, all’interno della Università, Lamberto si intrattiene con un po’ di amici e colleghi per commentare l’esame e non solo.

Giunti alle 12:30, Lamberto si avvia a mensa a piedi, perché il percorso è breve e non conviene prendere il motorino

Maria scorge in lontananza Lamberto che sta parlando con un altro ragazzo. Guarda meglio ed è proprio lui. Sono le 12,30. Lamberto si incammina verso la mensa, proprio come quel giugno di 3 anni prima. Maria accelera il passo e da dietro lo chiama: “Lamberto ”!! Lamberto si gira, mette a fuoco e, seppur a stento, riconosce Maria.

“Maria “!

Si avvicinano e si danno la mano.

“Sei sparito “

“Si, ma qualcosa è cambiato “.

“Cos’è cambiato, il tuo motorino?”

“No, son cambiato io “.

“In cosa?”.

“Credo di essere meno stronzo”.

“Ti fa onore questa tardiva autoanalisi, meglio tardi che mai “. Ma parliamo d’altro. Lo studio va bene?”

“Si, ho superato il triennio e sono alle magistrali. Non prendo grandi voti, ma gli esami riesco a passarli. Voglio finire presto “.

“Per poi......... “

“Potrei andare a lavorare con mio padre. Ha una piccola impresa con 12 dipendenti “.

“Bene, diventerai un imprenditore. Sai che non conosco neanche il tuo cognome? “

“Franchetti. Lamberto Franchetti. E tu?”

“Traversi. Maria Traversi “

“Ti sei fidanzata, Maria? “

“Si, ho un compagno, ma non abbiamo ancora progetti particolari “.

“Anch’io ho una “.

“E saresti cambiato? Che vuol dire una? Mi pare un tono poco rispettoso, direi riprovevole.”

“Hai ragione. Ho una dolce compagna. Ho sintetizzato, ma in modo inappropriato “.

“Tu mi pari un po’ caustica, però. Cos’hai fatto, ti ricordavo più dolce “.

“Sai, si cambia nella vita. E magari tu hai contribuito a ciò”

“Io, e perché mai avrei dovuto?”

“Ed invece sì. In qualche modo di sicuro “

“Spiegami come “

“No. Non ti devo spiegare alcunché e non ne ho neanche voglia. Posso solo dirti che quel pomeriggio passato con te ha lasciato un segno forte in me. Però ora devo andare. È stato un piacere rivederti”

“Ciao Maria, anche per me. Ma non potresti spiegarmi meglio?”

“No, non importa. Ciao”.

“Ciao, Maria “.

Lamberto andò a mensa e pensava alle parole di Maria. “No, non importa..................... !!!”. Cosa vorrà dire? Eppure mi pareva un po’ turbata, pensava Lamberto, cosa mai potrà esserle successo? La notte, prima di addormentarsi, ripensava alle parole di Maria, rievocava il loro incontro ed il loro rapporto sulla spiaggia. E ricordando di aver temuto di non essere stato troppo tempestivo nella operazione di distacco dal corpo di Maria, all’acme delle proprie pulsazioni pelviche, cominciò a ipotizzare che

Maria fosse potuta rimanere incinta. Questa idea lo fece addormentare con due ore di ritardo e la mattina dopo si alzò un po' stralunato. Era un sabato mattina e si recò in cucina dove stava la madre.

"Buongiorno"

"Buongiorno. Cosa vuoi, Lamberto, un cappuccino caldo?"

"Si, mamma ".

"I biscotti li vuoi? "

"No".

Normalmente Lamberto è un ragazzo espansivo con la madre, ma quella mattina sembrava particolarmente "abbottonato".

"Cosa ti succede, Lamberto "?

“Nulla, mamma “.

“Mi pari un po’ strano “.

“Non ho dormito moltissimo “

“Ti preoccupa qualcosa?”

“No, mamma. Solo un po’ di affaticamento. La prossima notte recupererò”.

“L’importante è che tu non abbia preoccupazioni di sorta “

“Tranquilla, mammina”.

Ma la notte successiva è per Lamberto tormentata quanto la precedente, se non di più. Non riesce a togliersi dalla testa che Maria possa essere rimasta incinta. D’altra parte glielo aveva sussurrato di essere in un periodo “a rischio”.

Allora, cosa sarebbe potuto accadere?

Se fosse stata valida la ipotesi della gravidanza, avrebbe potuto abortire. E questo sicuramente sarebbe stato per lei un trauma che avrebbe lasciato un segno. Un trauma che, a distanza di un paio d'anni, poteva ancora essere vivo in lei.

E se non avesse abortito? Avrebbe avuto un figlio che magari avrebbe con sé tutt'ora. Ed essendo ora fidanzata, convivrebbe con un compagno e con questo nostro figlio? Assurdo. Me ne avrebbe parlato, forse.

La mattina successiva, al risveglio, Lamberto decide di recarsi sotto casa di Maria ed attendere che scenda, magari con un bambino.

È fortunato. Perché dopo 10 minuti di attesa, Maria scende, ma sola.

Lamberto, con il proprio motorino, ne segue gli spostamenti. Pensa magari che possa aver affidato il figlio ad un genitore o altro.

Maria si muove a piedi e Lamberto la segue. Improvvisamente Maria attraversa la strada e Lamberto si ferma poco prima col proprio motorino. Maria si accorge del motorino ma non riesce ad identificare il conducente, con il casco addosso. Dopo qualche metro Maria attraversa di nuovo e rivede di nuovo lo stesso motorino fermo a pochi metri. Guarda meglio e le sembra di capire che su quel motorino possa esserci Lamberto. Ma fa finta di niente e tira dritto.

Poco dopo, Maria entra in un condominio che aveva uno spazio aperto. Entra e trova riparo dietro un angolo e da lì riesce a vedere che il motorino si ferma la davanti e la persona che scende e si toglie il casco è Lamberto. Lamberto si avvicina al citofono e controlla i cognomi. A quel punto Maria riesce all'improvviso e lo affronta.

"Cosa ci fai qui?"

"Stavo vedendo i nomi sul citofono "

“Mi sono accorta che mi stavi pedinando. Puoi spiegarmi? “.

A quel punto Lamberto le rivela il suo dubbio.

“Il tuo dubbio ha un fondamento “, dice Maria.

“Cosa? Hai avuto un figlio? “

“Si”

“Ed hai abortito senza dirmi niente? “

“Non ho affatto abortito”

“Cosa? Quindi è nato!!

“Certamente !!”

“E dov’è adesso? Maschio, femmina, sta bene?”.

“Non so nulla, posso dirti che è un maschietto, ma l’ho abbandonato dopo il parto “

“Cosa?”

“Ho fatto quel che hai fatto anche tu “

“Io? E cosa c’entra?”

“C’entra e come. Se avesse avuto un padre meno vigliacco forse a quest’ora......... “

“Non ci posso credere. Ed ora dove sta? Ha un nome? Sta bene? Ma sei tu che sconvolgi la vita a me !!!“

“Ah, sì? Ed il fornire numeri di telefono fasulli cosa vorrebbe dire per te? L’identikit di una persona matura, responsabile, corretta? Ma la stupida sono stata io a farmi ingannare da un autentico cretino. Quanto alle condizioni del bimbo, non posso dirti altro. Non è che poi mi mandino il rapportino!!! Comunque è un bel maschietto e sta bene, ma non ha un nome. Io non gliene ho dati, né avrei potuto."

"Incredibile. Mi hai privato di un figlio in questo modo!!!"

"Si. Sai, quel giorno andavo in cerca di uno che mi facesse fare un figlio per abbandonarlo. Ma tu credi che per me sia stato come gettare un pezzo di carta nel cestino?".

"Non dico questo, ma non potevi cercarmi all'Università? "

“Anch’io ho la mia dignità. E davanti ad un codardo ho pensato che non fosse il caso “

“Ok. Mi pare di aver capito che ormai non possa fare più nulla. Meglio che me ne vada. Ciao. “

“Ciao “.

Nei giorni successivi Lamberto sperava di recuperare il sonno perso nelle due notti precedenti ma non fu proprio così.

Continuò a passare notti travagliate e la mamma, che non può fare a meno di notare il turbamento del figlio, gli chiedeva insistentemente cosa lo avesse scosso in quel modo.

"Nulla, mamma. Se ti dico nulla, vuol dire nulla. Ammesso che ci sia qualcosa, sono fatti miei!! "

"Puoi anche parlarmene. Prometto di non dire nulla a tuo padre."

"No, mamma. È una stupidaggine che risolvo in poco tempo ".

Lamberto era effettivamente un po' confuso, non conosceva ancora la verità. Una verità maturata alle proprie spalle, spalle però da lui stesso rivolte, mediante il comportamento intrapreso. Ne era perfettamente consapevole, ma era anche un po' infastidito dall'atteggiamento di Maria.

"In fin dei conti, pensa, di fronte ad una questione di tale portata, non vi sarebbe stato motivo per evitare di rintracciarmi “ .

Ma forse si trattava anche d’altro, ma cosa? “Si era innamorata di me e le ha dato forse fastidio la mia eclissi? Per questo forse non mi ha più cercato”.

In tutto ciò Lamberto non era granché lambito da sensi di colpa che potessero provenire da una autocritica serena ed obbiettiva. Intravedeva le colpe di Maria, ma molto meno le proprie.

Come mettere a confronto la pagliuzza con la trave.

Cap. VII – La reazione di Lamberto

Il giorno dopo Lamberto torna a casa di Maria, le bussa al citofono ricordando nel frattempo il suo cognome, "Traversi".

"Maria? "

"Si. Chi è? "

"Ciao, sono Lamberto? puoi scendere? Vorrei parlarti. "

"Sali tu, sono sola in casa, se vuoi parlarmi sali pure. Secondo piano."

Lamberto chiude il motorino e sale di corsa per le scale.

"Prego, accomodati "

“Maria, io vorrei conoscere mio figlio “.

“Ma questo non è più possibile, te l’ho già detto”.

“Posso solo dirti che l’assistente sociale si chiama Roberta Mariotti e sta al consultorio in Via dei Volsci a San Lorenzo. Ricordo solo che la cartellina era di colore giallo e la data di nascita: il 21.3.1986. Giorno in cui entra la primavera, non posso dimenticarlo “.

“Ma su quella cartellina ci starà scritto qualcosa di più!!”

“Non credo, ma non saprei dirti “

“Perché non andiamo a vedere a Via dei Volsci?”

“Andiamo. Ma sarà un buco nell’acqua. Però per andare occorre prima sapere se la dott.ssa Mariotti sia ancor lì ed in quale orari riceva. “

Maria telefona al Consultorio per chiedere di parlare con la dott.ssa Mariotti. Chi risponde le comunica che la dott.ssa Mariotti ci sarà il venerdì successivo dalle 9 alle 12.

Riferito tutto ciò a Lamberto, i due si danno appuntamento per il venerdì successivo alle 8,30 sotto casa di Maria.

Il venerdì alle 8,30 Lamberto bussa al citofono e Maria scende.

“Ciao, secondo me sarà un buco nell’acqua “.

“Proviamo, mica ci spareranno. “.

Dinanzi alla dott.ssa Mariotti, Lamberto riceve ogni spiegazione.

“Il bambino è stato abbandonato dalla madre che ha voluto mantenere l’anonimato. La legge tutela la riservatezza della madre, ma tutela anche il minore assegnandolo in adozione a persone che non si possono conoscere ed il cui nome non può essere rivelato.”

“Ma non si può derogare a questo principio?” disse Lamberto.

“No. Mi spiace. Non più. La legge non lo consente. Deve essere anche tutelato il diritto ad una crescita libera del minore ed evitata ogni ingerenza nella vita della famiglia adottiva “.

I due vengono congedati. Via dei Volsci è una struttura con accesso in una Via molto tranquilla, senza particolare traffico veicolare e di persone.

Lamberto osserva bene il portoncino di ingresso, di alluminio anodizzato e con una serratura molto semplice.

Propone sicché a Maria di effettuare una irruzione notturna il sabato sera, verso le due di notte.

Maria inizialmente respinge tale proposta, ma Lamberto poi la convince dicendole che in fin dei conti non vanno a rubare alcunché.

Sabato sera vanno a cena insieme e, dopo un po' di tempo trascorso in un pub, alle due di notte vanno in Via dei Volsci.

Lamberto si è procurato un mazzo di chiavi ed alcuni spadini da un suo amico esperto nel campo, Giorgio. Per maggiore sicurezza chiede però all'amico di raggiungerlo in via dei Volsci e così avviene. Giorgio in pochissimo tempo apre la porta e Lamberto gli chiede di rimanere lì sulle scale a fare da palo.

I due entrano e raggiungono la stanza della dott.ssa Mariotti, chiusa però a chiave. Lamberto corre a chiamare Giorgio che in un battito di ciglia apre pure quella porta. I due con una torcia cominciano a rovistare nell'armadio, anch'esso chiuso ed anch'esso aperto dalle mani esperte di Giorgio, e trovano la famosa cartellina gialla, il cui colore era rimasto impresso nella memoria di Maria. Dentro però ci sono solo documenti attestanti i contatti con gli uffici Giudiziari e sulla copertina viene riportata solo la data di nascita ed a matita il nome LUCA. Nessun'altra informazione.

I due rimettono tutto a posto, si fanno richiudere armadio e porta della stanza da Giorgio ed escono raccomandando a Giorgio di non lasciare tracce. E così avviene.

Lamberto accompagna a casa Maria e sottolinea la propria

consapevolezza di non poter fare alcunché. D'altra parte Luca non è il nome che i genitori adottivi debbano necessariamente aver dato al bambino perché potrebbero avergli assegnato il nome che avessero ritenuto più opportuno. Maria infatti immagina, e bene, che Luca era il nome che le infermiere del Policlinico avrebbero potuto assegnare al bambino, del tutto provvisoriamente per distinguerlo dagli altri.

Disporre del solo nome era sicuramente troppo poco per poter porre in essere qualsiasi altro tipo di ricerca.

Lamberto è rassegnato. Accompagna a casa Maria e la saluta

con un atteggiamento scarsamente comprensivo, quasi attribuendo a lei la responsabilità di tutta la questione. Maria prende atto di questo ingiustificato e offensivo, per lei, stato d'animo di Lamberto e lo saluta dicendogli di non farsi più vedere.

Lamberto la saluta e si incammina sconsolato , ma considera la questione come nata male e finita peggio. Non riuscirà mai a conoscere questo benedetto Luca, ma questo gli ha riservato il destino e questo lui affronta. Adesso deve andare avanti , perché gli impegni non gli mancano. La colpa di tutto ciò Lamberto la vede nella supponenza di Maria che ha evitato di cercarlo nel momento in cui ciò si sarebbe reso necessario e fondamentale per la vita di entrambi e di Luca. Purtroppo le cose sono andate diversamente ed ora non si può rimediare.

Di avviso diametralmente opposto è Maria che respinge la strafottenza di Lamberto il quale , anziché ammettere i propri limiti e la propria irresponsabilità, riversa addosso a lei le proprie frustrazioni additandola come causa di tutto. Inconcepibile !!!

I due si perdono definitivamente.

Maria comunque ripercorre gli eventi e cerca di sezionare quasi con un bisturi il comportamento di

Lamberto. Mi conosce e mi rimorchia alla mensa universitaria. In questo contesto proietta un modello di ragazzo pulito, sano , premuroso, brillante , in poche parole “ smart “. Però dentro di lui il colpo è già programmato . “Se ci riesco, questa bella tipetta me la faccio, e poi chi si è visto si è visto”, pensa di lui.

Non poteva non esserci premeditazione e pianificazione . Deve essere un comportamento consolidato e di successo. Probabilmente non ha mai avuto incidenti di percorso. Stavolta invece è accaduto. Ma forse ha pensato che non sarebbe mai stato possibile, dando per buono e vincente il suo cinico e distaccato comportamento.

Ma la natura ogni tanto si diverte e qualche scherzetto non lo risparmia. Lui però ha una irresponsabilità di fondo, forse di tipo primario. Dandogli pure per buona la responsabilità di tipo secondario, quella cioè che sembrerebbe aver dimostrato dopo la consapevolezza dei fatti, tutto ciò certamente non lo assolve. E', come dire, un delitto preterintenzionale, una ferita inferta al di là delle proprie intenzioni. Ma la ferita c'è stata.

E , pur cercando di farsi un esame di coscienza ed esaminare freddamene il proprio rifiuto ad andarlo a cercare , Maria non comprende proprio come le si possano imputare colpe a tale proposito. Se lui non avesse mentito e non l'avesse ingannata, forse la propria predisposizione sarebbe stata sicuramente più convergente. Lamberto avrebbe , per esempio, potuto darle il giusto numero di telefono e poi dirle che non era il caso di dare uno sviluppo alla storia. A quel punto Maria avrebbe comunque tentato di riferirgli almeno i fatti , di modo che Lamberto ne avesse potuto ricevere contezza. Ma così , sentirsi vittima di un raggiro e di un premeditato disegno di abbandono, è stato troppo frustrante, al punto di decidere di non coinvolgerlo affatto in una questione che era da risolvere tutta personalmente.

Ma poi, perché Lamberto ha reagito con sdegno alla fine della vicenda ? Questo è un altro interrogativo cui Maria non sa dare risposta e che cerca di analizzare. Come non capire la propria posizione, la propria delusione , il cruccio, la rabbia, il distacco e la voglia di fare da sola ? Perché quella dose di odio contro di lei ? In fin dei conti hanno messo al mondo una creatura e , sebbene ci sia stato un difetto di coordinamento, di comunicazione , di organizzazione , non vede perché non apprezzare quell'unico e grande valore che è l'esistenza di una nuova vita . Perché quella dose di odio ?

Ma forse non di odio si tratta. Gli studiosi ci dicono che l'odio non si contrappone all'amore ma,anzi, chi odia vive e cerca quotidianamente il proprio oggetto di odio, esattamente come chi ama. E poi l'odio viene dalla paura e dall'ignoranza, ma in questo caso questi ingredienti sembrerebbero non esserci, o quanto meno non coesistere. Qui si tratta di indifferenza, di aridità, di spessore umano inconsistente , permeato di cinismo e comunque rivolto al più bieco soddisfacimento solo dei propri interessi e delle proprie pulsioni. E lo sdegno finale di Lamberto non è che una pulsione reattiva alla propria opaca condizione , della quale si è forse anche consapevoli, ma che non si vuole ammettere .

Insomma, un miserabile , umanamente parlando.

A questo punto, ognuno per la propria strada. Maria ritiene che non lo andrà più a cercare e neanche a fermare, se lo incontrerà. Lo saluterà, ma solo per educazione.

Cap. VIII – La vita di Luca

Luca nel frattempo è stato assegnato ad una famiglia di medici, tanto il padre che la madre, che vive in Viale Aventino a Roma, in un bell'attico. Si chiama Luca Moretti. Il padre è un chirurgo del S. Eugenio e la madre una anestesista nello stesso nosocomio.

Luca cresce bene. I genitori non potevano avere figli e fu loro assegnato Luca in affidamento pre-adottivo e poi in adozione. I genitori di Luca vollero mantenere il nome di Luca, assegnatogli dagli infermieri del Policlinico, rispettando questa scelta che fu data “a caldo “, ed attivando pertanto le sole pratiche per assegnare al bambino il loro cognome: MORETTI, appunto.

Luca Moretti frequenta con profitto le Scuole pubbliche fino al liceo scientifico “Istituto Paritario PIO IX “all’Aventino. Cresce bene, studia e pratica il basket in una squadra di allievi vicino casa.

Il 21.3.2004 (domenica) Luca compie 18 anni. La sera si consuma la festa dei 18 anni effettuata in un locale nelle vicinanze di casa con tutti gli amici e ben riuscita, con apparizione dei genitori per il taglio della torta.

C'erano una novantina di persone tra amici di scuola , del basket e amici di amici. Alle 23,30 arriva la torta , una torta gigante . Luca rimane allibito. Non aveva mai visto una torta del genere , a parte qualche matrimonio. Ma questa aveva dimensioni davvero enormi. Quando Luca si avvicina alla torta , improvvisamente questa si apre in due ed esce una bella ragazza bionda che abbraccia Luca e comincia ad accarezzarlo.

La ragazza lo fa poi sedere su una sedie e comincia a girargli intorno, mentre si diffonde una musica lounge di sottofondo. Lei inizia a togliergli la giacca, poi la cravatta e poi la camicia. Ma anche lei stessa abbandona progressivamente il proprio abbigliamento e rimane in mutande , calze , reggicalze e reggiseno. Una bella e formosa ventenne. Giocando con la cravatta di Luca prima, e con un foulard poi che passa tra le proprie mani, lei gira intorno a Luca . Sfiora Luca anche con il viso sussurrandogli qualcosa di languido anche all'orecchio. Ovviamente è una sorpresa che fa parte del pacchetto offerto dal locale. Il tutto serve per eccitare e mettere alla prova Luca. Sembra quasi una corrida dove Luca è il toro dal quale ci si attende un attacco. Ma una corrida non è, anche perché Luca rimane pressocchè impietrito sulla sedia, di fronte alla ragazza che lo circuisce con sagacia. Lei sa bene come gestire tali situazioni che svolge ormai con abitudine nel locale. Ad un certo momento la situazione volge al termine quando lei accende la maxi candelina sulla torta. Una luminaria che pone fine allo show ed introduce agli altri festeggiamenti. Per Luca una liberazione. Arriva la vera torta, il brindisi, un breve discorso di ringraziamento di Luca rivolto ai genitori ed alla platea, e lo scambio dei regali.

La kermesse termina alle 0,30, dopo la consegna dei regali, con saluti, baci a abbracci.

Il giorno dopo, 22.3.2004, la sera a cena, nell'immediato dopocena, il clima a tavola è un po' alterato. Luca nota un comportamento stranamente poco disinvolto e nervoso dei genitori. I genitori di Luca sembrano seri ed il padre ad un certo punto dice a Luca che devono dirgli qualcosa di importante.

Il padre ha un certo imbarazzo che dissimula molto male. Si capisce dal disagio con cui maneggia nervosamente il tovagliolo. Luca non riesce a capire bene di cosa si tratti ma, avvenendo tutto ciò il giorno dopo del suo compleanno, gli viene in mente di essere magari destinatario di un regalo prematuro, forse un'automobile? Non gli sembra possibile, perché nel pomeriggio era appena andato ad iscriversi all'autoscuola.

Luca non capiva l'imbarazzo del padre, cui faceva eco il nervosismo della madre che stava con le mani sulla tavola, come difficilmente le capitava di stare. In genere dopo cena andava a rigovernare la cucina. Stavolta c'era uno strano clima di attesa.

“Luca, dobbiamo dirti una cosa importante “, dice il padre. “Abbiamo pensato che sia giunto il momento“.

“Cosa è successo” chiede Luca, non immaginando il tenore della rivelazione.

“Io e tua madre non potevamo avere bambini per motivi che ora non sto a descriverti “.

“Ma tutto ciò si riferisce a dopo la mia nascita...“, dice Luca.

“No, Luca. Prima “

“E quindi ....”

“E quindi tu sei un figlio adottivo “, dice il padre con un pizzico di imbarazzo e commozione”.

“Cosa?

E me lo dite adesso !!!“fa Luca.

“Si, abbiamo attesa la tua maggiore età “, risponde il padre con tono deciso.

“Non posso crederlo “. Luca si alza in piedi. “Per così tanti anni ho creduto .... vi ho sempre chiamato Papà e Mamma “.

La madre versa in lacrime...

“Ma noi siamo tuo padre e tua madre a tutti gli effetti “.

Luca è sconvolto: “Si, ma io ho un altro padre ed un’altra madre, oltre a voi “.

“Indubbiamente è come dici, ma si tratta solo di genitori naturali, biologici “

“Mi dici nulla”, Luca ha una reazione scomposta . “Ma allora voi non siete i miei veri genitori !!!!“.

“Siediti, Luca. Parliamone” Luca si siede.

“Tuo padre è sconosciuto a chiunque, anche a tua madre, da quanto ci è dato sapere. Tua madre, forse anche in ragione di ciò, ha scelto il totale anonimato e ti ha abbandonato subito dopo il parto. Il nome che hai lo hai ricevuto da noi. Tua madre ha mantenuto l’oblio. ....”

Dopo ore di spiegazioni, Luca afferma di voler far qualcosa per conoscere il nome della madre.

“Calmati Luca, adesso vai a letto e ne riparliamo domani “.

Luca vive, per altri versi ma con grandi analogie, le stesse notti tormentate che ha vissuto il padre Lamberto quando ha prima sospettato che Maria avesse avuto un figlio da lui e poi quando ne ha avuto totale conferma. Entrambi però indirizzano il loro pensiero immaginando il volto dell’altro, con la differenza che per Lamberto questa pulsione è rimasta sempre presente, racchiusa nella sua coscienza e mai stata rivelata, e per Luca è solo un fulmine che ha squarciato improvvisamente le sue notti serene e riposanti, trasformandole in notti difficili e travagliate, con la improvvisa ma pressante esigenza di dare un volto ed un nome perlomeno ad una madre.

La mattina successiva i genitori di Luca sono a casa. Luca si sveglia dicendo di non volere andare a scuola. I genitori gli consentono questa assenza, ma per un solo giorno. Si torna inevitabilmente sull'argomento e Luca non si sente di abbracciare i genitori. È ancora scosso dalla notizia e manifesta la volontà di conoscere la madre. La madre adottiva, che avverte questo improvviso allontanamento di Luca, alontanamento che aveva comunque considerato come conseguenza istintiva di una notizia così dirompente per lui, dice a Luca che la sua famiglia gli metterà a disposizione ogni risorsa affinché egli stesso possa avere la possibilità di conoscere le proprie origini. Ma questo, ovviamente, non cambierà assolutamente i rapporti fino a quel momento maturati e sviluppati quotidianamente tra di loro.

Luca è perplesso ma è un ragazzo maturo. Riflette su quanto ha appena appreso e si avvicina ai genitori.

Tutti e tre, commossi, si abbracciano.

Luca capisce che l'amore cui è stato oggetto da parte di quel padre e di quella madre, sviluppato peraltro senza alcun vincolo di sangue, ha forse maggior merito di altri.

Il padre suggerisce a Luca di andare a parlare con il legale di famiglia, avv.to Leopoldi. Luca telefona per un appuntamento e viene ricevuto di lì a pochi giorni. Presso lo studio dell'avv.to in Viale Mazzini 32 a Roma.

"Accomodati, Luca, fa l'avv.to Leopoldi.

"Grazie"

“Mi è parso di capire che tu voglia muoverti per conoscere il nome di tua madre “.

“Si, è così. “

“Tuo padre mi ha detto che tua madre, quella biologica, ha scelto di non essere nominata, cioè avrebbe optato per la formula N.N., cioè non nominata. “

“Si, lo ha detto anche a me e non ho motivo di dubitare “.

“Bene, allora sappi innanzitutto che le legge consente di attivarti solo dopo il compimento del tuo 25° anno per tutelare il tuo diritto a conoscere le tue origini. Tuo padre biologico però non lo potrai mai conoscere perché, per quel che mi è dato sapere, neanche tua madre biologica ha saputo o voluto rivelarne il nome. “

“Si, ho capito anche questo “.

“Bene, il diritto a conoscere le proprie origini deve però contemperarsi con il diritto all‘anonimato della madre biologica, o naturale, se preferisci. Nel caso che tu voglia attivarti quando compirai 25 anni, dovrai poi recarti a colloquio con un giudice che ti renderà edotto di tanti particolari e tante possibili conseguenze “.

“Mi può spiegare meglio “?

“Nel caso che tu indirizzi la tua volontà a conoscere il nome di tua madre dovrai sapere che:

1. Tua madre naturale, se vivente, e diamo ciò per scontato, dovrà avere un arco temporale a sua disposizione, nel corso del quale decidere se rivedere la propria posizione, modificando la propria scelta iniziale.
2. Tua madre naturale però potrebbe avere una famiglia e ciò comporterebbe per lei valutare quanto tale decisione possa ripercuotersi sui figli, sul marito (ove ovviamente ne abbia) ma anche su fratelli e sorelle, cioè sui collaterali e sugli ascendenti (padre a madre, nonni), ove presenti, ovviamente.
3. Nel caso che tua madre abbia figli, questi sarebbero per te,

Luca, fratelli uterini e dovrebbero essere interpellati anch’essi, i quali potrebbero respingere l’istanza. Ma ovviamente non è affatto detto che ne siano stati informati dalla madre, la quale potrebbe aver preferito e preferire tutt’ora mantenere la condizione di anonimato. Quanto ti ho appena espresso vale anche se tua madre fosse deceduta.”

“Capisco “

“In sostanza i diritti sono tanti. Tu ne rappresenta uno, per esercitare il quale non puoi però ledere diritti altrui. Il principio che i latini sintetizzano con l'adagio "neminem ledere" ".

"Mi pare molto chiaro. Ci penserò ed eventualmente ne riparleremo tra 7 anni"

"Salutami i tuoi genitori e sappi che sei stato fortunato a capitare in codesta famiglia"

"Lo so, me ne sono reso conto. Forse ora più che mai".

Luca torna a casa, riferisce ai genitori del colloquio con l'avv.to Leopoldi e riceve dal padre e dalla madre la rassicurazione che quando sarà il momento potrà attivarsi per esercitare i suoi diritti.

Nel frattempo Luca prende la maturità l'anno successivo con

98/100 e si iscrive a “Medicina”, dopo aver superato brillantemente i test di ingresso. Si iscrive a “La Sapienza” di Roma, e decide di accantonare una volta per tutte il suo interesse a conoscere la propria madre naturale, memore peraltro di tutte le difficoltà rappresentate dall’avv.to Leopoldi qualche anno prima. In fin dei conti vive bene nella famiglia che lo ha accolto, lo ha amato, cresciuto ed educato con tutto l’amore possibile.

Peraltro Luca aveva recentemente conosciuto un compagno all’Università, Giovanni, col quale aveva familiarizzato, sapendo peraltro che egli è un figlio naturale con un fratello adottato.

Parlando insieme della loro condizione, Giovanni gli fa osservare che la madre naturale ha donato a Luca il seme della esistenza e della crescita, mentre quella adottiva gli ha dato l'amore e soprattutto gli ha dato uno scopo nella vita, insieme col padre. Un figlio adottivo non cresce nella pancia, ma nel cuore della sua mamma che le dona tutto il calore che quella naturale gli ha voluto negare.

Luca riceve molto conforto dalle parole di Giovanni e torna a casa abbracciando i propri genitori e comunicando loro la decisione di aver accantonato per sempre l'ipotesi di voler conoscere la propria madre. Anzi, li invita a comunicare all’Avv.to Leopoldi tale propria decisione. Il padre dice a Luca di essere un ragazzo intelligente.

Cap. IX – Maria e Luca nel tempo.

Maria, invece, nel frattempo, si era già laureata in Lettere con 110 e lode e, superati gli esami di abilitazione, era divenuta una insegnante di Lettere (Italiano e latino) presso il Liceo Scientifico “Augusto Righi” di Roma, in Via Boncompagni. Dopo pochi anni si sposa con Fabio, quello conosciuto anni prima ad una festa insieme con

Anna, e dal matrimonio nascono due figli, un maschio ed una femmina. Maria ha però sempre mantenuto segreta la sua vicenda personale relativa alla nascita di Luca (lei lo ricorda così) e ne ha fatto parola soltanto con Fabio, ma non con i figli. Ha scelto di assumere questa posizione per rispetto a Luca e perché pensa che questa verità avrebbe potuto solo nuocere a entrambi i figli. Sarà pertanto un segreto che si porterà nella tomba, se non rivedrà la propria posizione dopo che i figli abbiano terminato gli studi.

Gli inverni passano e Luca Moretti, nel 2011, si laurea in Medicina con 110 e Lode alla

Sapienza di Roma. Subito dopo intraprende il concorso per la specializzazione, che vince per la specialità di "ortopedia e traumatologia" alla Sapienza. Dopo ulteriori 5 anni di studio, nel 2017 si specializza e nel 2018 diviene uno specialista strutturato in ortopedia presso l'Ospedale S. Andrea di Roma. Lì Chiara Borelli (questo il cognome di Fabio e dei figli) studia Medicina e si trova più o meno a metà strada, rispetto alla laurea. Ma ovviamente i due giovani non si conoscono.

Maria, presso il liceo Righi di Roma, nel 2018/2019 ha tra le sue classi la 5^ M composta da 22 alunni. Li prepara per la maturità. Sono tutti ragazzi abbastanza in gamba, studiosi, consapevoli, tranne pochi. Lei è una stimata e apprezzata docente 54 enne, che insegna italiano e Latino.

Maria, nel 1992 si sposava con quel Fabio conosciuto quella sera alla festa nella quale Anna e Giulio l'avevano introdotta. Fabio è una persona seria, una persona della quale Maria si era andata progressivamente e profondamente innamorando nel corso delle loro frequentazioni prima e dopo la laurea di Maria.

Fabio è un bell'uomo, alto m 1,85, con una bella capigliatura mora ma leggermente brizzolata e molto affascinante. Un ingegnere elettronico, dal carattere solare, genuino, molto bel orientato verso gli altri in genere, un marito e padre esemplare. Una persona generosa ed estroversa, di sani principi, un uomo leale e giusto.

Nella parola “giusto“ ritengo possano racchiudersi e sintetizzarsi molte altre qualità. Ricordo a tale proposito che il giornalista Eugenio Scalfari chiese un giorno al fu Cardinal Martini quale fosse il peccato più grave per lui. Martini rispose “l’ingiustizia”, aggiungendo che dalla ingiustizia derivano poi tanti altri peccati.

Maria, che aveva conosciuto Fabio a quella famosa festa, proiettando una immagine di sé stessa un po' tormentata, per i noti trascorsi, aveva determinato in lui un interesse sul quale lo stesso si era reso conto che avrebbe dovuto lavorare nel tempo. Fabio aveva perfettamente compreso che Maria attraversava una fase di forte turbamento della propria vita, ma ne ignorava il motivo.

I tentativi di approfondimento di tale aspetto attivati nei confronti di Giulio, il ragazzo di Anna, non avevano dato risultato alcuno, causa la totale blindatura dei fatti anche nella coscienza di Anna, che dimostrava pertanto la sua totale vicinanza e complicità a Maria.

Fabio comunque non si era dato per vinto ed i successivi incontri con

Maria, sempre grazie ad Anna e Giulio, avevano portato i due a piacersi ed a mettersi insieme.

Nel 1992 il matrimonio e, a distanza di pochi anni, 2 figli: Lorenzo nel 1994 e Chiara nel 1996.

Poco prima del matrimonio Maria rivelò a Fabio la propria vicenda vissuta nel 1985/1986. Fabio reagì con stupore ma anche accrescendo la stima ed il suo amore per Maria, che si era comportata da persona matura e responsabile. Ebbe parole di grande conforto per lei e le assicurò che le prossime esperienze di madre, auspicando che ve ne fossero, non avrebbero mai più preso indirizzi impropri, ma anzi avrebbero colmato i vuoti affettivi che lei lamentava e compensato tante frustrazioni della quali lei era rimasta vittima.

E così fu. Fabio le era stato particolarmente vicino soprattutto durante la prima gestazione, quella di Lorenzo, da Maria superata brillantemente.

Poter abbracciare Lorenzo, accarezzarlo, baciarlo ed allattarlo fu per Maria una grande emozione gravata dallo spettro di quel che avrebbe potuto essere e non fu mai in passato. Insomma Lorenzo si godette le attenzioni di una mamma elevate al quadrato. Ma altrettanto fu per Chiara, anche se oramai lo scoglio psicologico del primo figlio era stato ampiamente superato.

Vivevano tutti in un confortevole appartamento al quarto piano di un bell'edificio in Viale Ippocrate a Roma. I ragazzi ormai facevano l'Università, Lorenzo Ingegneria meccanica e Chiara Medicina, entrambi alla Sapienza di Roma.

Comunque, per comune accordo tra Maria e Fabio, i figli non furono mai informati dei fatti accaduti a Maria nel 1985/1986. Entrambi i genitori convennero infatti sulla inutilità di una tale rivelazione, che avrebbe solo turbato la loro crescita. Entrambi non avevano però escluso che, per un principio di massima trasparenza, anche i figli avrebbero potuto essere informati dei fatti, terminati gli studi, senza fretta alcuna.

Ma torniamo a Maria. È una insegnante di peso al Liceo Righi di Roma e gode della stima del Preside, dei colleghi e degli studenti. È conosciuta come una prof. seria, anche se trattava i ragazzi in modo diretto e leale, senza alcuna sufficienza.

Un giorno Maria, interrogando in latino l'alunno Giuseppe Martini, lo invita a tradurre un brano di Orazio. Martini , leggendo, dice la parola fuerùnt, con l'accento tonico sulla u. Maria si arrabbia e lo manda a posto, aggiungendo che non è possibile che alla soglia della maturità si facciano ancora simili errori. Su dice “fuèrunt”, con l’accento grave sulla e. Non si possono ignorare simili dettagli alle soglie della maturità.

Il giorno dopo la prof. Maria interroga Giovanni Profili in italiano, uno degli studenti mediocri della classe.

“Oggi sentiamo Profili”.

“Eccolo là, sussurra l’interessato”

“Vieni qui davanti a me, Profili “

“Si, prof, come vuole “

“Parliamo di Pirandello, Profili “

“Ti chiedo, per cominciare, di quale riconoscimento è stato insignito “

“Credo del Premio Strega “

“Non proprio, Profili. Il Premio Strega fu istituito nel 1947 e Pirandello è morto nel 1936. Hai mai sentito parlare di Premio Nobel per la Letteratura? “

“Ha ragione prof, mi sono confuso”

“Sai quanti italiani hanno vinto il Nobel per la letteratura fino ad oggi? “

“Una ventina, credo”

“Che facciamo, a peso? Sono 6, Profili, ed esattamente Carducci, Grazia Deledda, Pirandello per l’appunto, Quasimodo, Montale e Dario Fo. Non si tratta dell’uovo di Pasqua vinto alla lotteria del bar sotto casa. È un riconoscimento mondiale per alti meriti letterari “.

“Ok, prof. “

“Ma torniamo a Pirandello”

“Che libri conosci di Pirandello? “

“Uno, nessuno e centomila e altri “

“Bene. Perché è famoso questo romanzo? “

“Perché ebbe molto successo anche in teatro”

“Si Profili, ma di cosa parla, quale tema affronta? Ti dice qualcosa il relativismo conoscitivo? E cosa vuol dire? “

“Il relativismo?: Che tutto è relativo.”

“Ok. Spiegami “

“Ad esempio Marco ha una maglietta bianca ma a me pare nera “

“Certo Profili, io ti do un bel 4 ma un altro insegnante potrebbe darti un bel 2. Tutto è relativo“

“Comunque, per tua scienza e coscienza, Pirandello vuole indicare che l’uomo ha una maschera che non gli consente di capire bene gli altri e di essere capito, proprio perché questa sua maschera nasconde molteplici personalità. Questo lo isola e non lo porta ad una proficua comunicabilità perché ognuno vede la realtà a modo suo ed ha una sua verità. Non si ha una unica personalità, ma molteplici perché ciascuno è più persone e ciò è la così detta “frantumazione dell’io”. Ciò porta al dualismo tra quanto si è e quanto si appare all’esterno, laddove si subisce la forma che la società ci impone. Profili, puoi andare, voglio risentirti sull’argomento e su Svevo tra una settimana.”

“Ok, prof. Sarò preparatissimo “.

Il rappresentante di classe, per smorzare un po’ questa alterazione della Prof., comunica a Maria che la classe avrebbe pensato di proporre una bella cena per il giorno 31

Maggio, prima della maturità, con tutti i professori. Sperando sia bene augurante. Bene, dice Maria. Dove andremo? Le rispondono di aver individuato un ristorante sulla Via Cassia, esattamente sulla Via Giustiniana. Si chiama "Le formiche Veientane". Appuntamento per Venerdì 31 maggio 2019 alle ore 21 al ristorante.

Maria, dopo gli accordi in famiglia , si reca al ristorante la sera del 31 Maggio con la sua Fiat Panda e giunge in perfetto orario presso il locale in Via della Giustiniana in Roma. Da casa sua, alla Balduina, ove da poco si era trasferita con la famiglia, ha impiegato circa 30 minuti.

Arrivata a destinazione, Maria parcheggia l'auto ed entra al ristorante ove erano presenti anche tutti gli altri professori.

Nel corso della cena i compagni di classe invitano Martini a raccontare a Maria la barzelletta dei due peni.

"Dei due peni "? Chiede Maria.

"Si prof, si scandalizza"?

"No, ma evitate volgarità, per cortesia "

"Ma prof, si faccia una risata...!!! "

A Martini la parola:

"Esami di maturità. Due peni si incontrano e l'uno fa all'altro: ti vedo bello tosto!!! Per forza, dice l’altro: a breve avrò l’orale. Tu piuttosto come mai sei così moscio? chiede l’altro. Beh, sai, mi hanno appena segato “.

Risate generali della classe. Maria diventa rossa e dice a Martini, tra il serio ed il faceto:

“Martini, domani ti interrogo in latino sul verbo essere e se mi dici ancora fuerùnt non ti ammetto all’esame “!! e ride.

La classe: “Eeeeh, bomba, prof “.

“Vedete di studiare, ragazzi, perché l’esame di maturità rimarrà una tappa fondamentale della vostra esistenza “.

Arrivano le portate e la cena si consuma tra battute, barzellette, aneddoti personali narrate dai ragazzi con ironia ed autoironia, ovvero narrate da compagni anche con tono irridente. Anche gli altri professori si divertono. Il rapporto della classe con Maria ha però una connotazione diversa dal rapporto

con gli altri professori. E' un rapporto preferenziale, di altra natura da quello convenzionale e stereotipato professore - alunno . E' cioè un rapporto nel quale i ragazzi hanno un grande rispetto per la autorevolezza della docente ma nello stesso tempo ne avvertono una particolare vicinanza ed empatia che concede loro qualche licenza in più.

Maria accetta tale condizione , anche perché è una docente giovane, ma non transige sulla sua impostazione didattica , pretendendo dai ragazzi impegno e studio.

Cap X: L’incidente stradale di Maria

La cena termina verso mezzanotte e Maria si mette in marcia verso casa. Nel frattempo si è messo a piovere e Maria è anche un po’ stanca alla guida. Proprio sulla Via Giustiniana, su una curva, subisce uno scontro frontale collidendo con un’altra vettura proveniente dalla opposta direzione di marcia. Maria subisce lesioni, la macchina è inservibile ed i primi soccorritori chiamano subito l'ambulanza. Di lì a pochi minuti arrivano gli uomini del 118 che estraggono Maria dalla vettura e la portano presso il più vicino Ospedale S. Andrea.

Al Pronto soccorso Maria Traversi viene sottoposta a Tac e la diagnosi è di frattura scomposta del femore destro e di traumi contusivi diffusi. La frattura al femore deve essere però operata di urgenza perché Maria oltretutto perde sangue e comunque, in questa tipo di casistica, prima il paziente viene operato e prima recupera.

Luca Moretti è reperibile e viene rintracciato a casa per l'intervento di urgenza. Arrivato in Ospedale Luca "si veste" ed entra in camera operatoria, dove Maria lo attende già in lieve sedazione, pronta per l'intervento. È l'una di notte circa ed alle tre l'intervento è pienamente riuscito.

Maria esce dalla camera operatoria alle 3, 05 e lì fuori ci sono ad attenderla il marito ed i figli. Luca parla con essi e riferisce del buon esito dell'intervento, aggiungendo che ora ci vorrà riposo assoluto, cui seguiranno le dimissioni ed una terapia riabilitativa. Maria viene portata in una camera di due letti con bagno, dove è presente un’altra paziente.

Maria dorme per tutta la notte e la mattina successiva riceve le prime cure dall’infermiere di turno, Gerardo, che si dimostra subito gentile ed efficiente. Nelle successive occasioni di intervento, Maria si complimenta con lui, che apprezza gli elogi ricevuti.

“Non è comune ricevere i complimenti dai pazienti, cara signora “le dice Gerardo.

“Caro Gerardo, sono abituata a lamentarmi sistematicamente con chi non fa il proprio dovere e credo abbia il dovere di manifestare il mio apprezzamento nei confronti di chi effettua con correttezza e passione il proprio lavoro "

"Grazie signora ".

Verso le 11 del primo giorno di degenza entrano nella stanza di Maria 2 medici col camice bianco, Il più anziano dei quali si presenta come il primario ortopedico, aggiungendo poi il nome dell'aiuto dott. Luca Moretti.

Maria li guarda ed il nome di Luca è come se le accendesse una lampadina, evocandole subito una forte reminiscenza del proprio passato. Vede peraltro un bel ragazzo, pulito, ordinato, dal viso glabro o, per meglio dire, con una barba corta e curata, con il camice bianco , ben vestito e nota ai suoi piedi delle belle scarpe eleganti ma sportive, con suola in gomma . A differenza del primario che calza scarpe di cuoio con suola spessa. Ovviamente a Maria viene naturale pensare al proprio Luca. Ma è immediatamente divisa tra l'impulso di ricordare il proprio Luca e quello di respingerne ogni connessione con il medico presente, perché priva di qualsiasi attendibilità.

Tuttavia ne osserva i capelli neri, come il padre, e alcuni lineamenti che sente familiari.

Ne rimane per certi aspetti incuriosita e per altri infastidita da se stessa , come a pensare di non essersi mai scrollata di dosso una certa fissazione sul proprio passato.

Tuttavia la sensazione più certa è quella di trovarsi di fronte a professionisti di grande spessore professionale , che si intrattengono con lei per spiegarle l'intervento, per comunicarle i tempi di recupero,per suggerirle la terapia riabilitativa e quant'altro.

Il primario fa presente a Maria che l'intervento è stato effettuato nella notte dal dott. Luca Moretti, al quale cede la parola.

Maria lo guarda intensamente ed ascolta con molta attenzione le parole di Luca, prestando attenzione non tanto al contenuto ma al modo di esprimersi, di muoversi, di gesticolare, di guardare, di porsi. L'eloquio è certamente pacato e professionale, da specialista , ma Luca sa usare termini anche tecnici non risparmiandosi di fornire ogni spiegazione ed approfondimento con parole semplici.

Che strana combinazione, pensa Maria !!! Ma sarà, pensa, solo una propria personale ed improbabile riconduzione al proprio Luca, quel che l'ha portata immediatamente ad approdare ai propri ricordi di tanti anni prima .

Luca è un ottimo medico, scrupoloso, attento, sensibile ed appassionato al proprio lavoro, che svolge con diligenza e puntualità, e dando sempre il meglio di sé. Questo si intuisce anche da come si pone e dall'orientamento che dispensa verso il paziente, che a Maria pare decisamente molto importante.

Occorre infatti considerare l'asimmetricità della condizione di un paziente rispetto a quella di qualsiasi sanitario che lavori in un nosocomio. Ovvio che i problemi ed i disagi non siano minimamente confrontabili tra le parti, ed avere un buon servizio da parte dei sanitari , siano essi medici,infermieri, o ausiliari , è sicuramente di grande sollievo per qualsiasi paziente. Ricevere un buon servizio fatto di attenzioni, spiegazioni , financo di premure magari pro-attive, non può che contribuire ad agevolare una permanenza necessaria in Ospedale, permeata di qualche disagio personale.

Nel pomeriggio Maria riceve la visita dei familiari che si intrattengono con lei per ricostruire la dinamica dell'incidente e muoversi con le Assicurazioni, ed eventualmente con i legali. Sul luogo dell'incidente sono intervenuti Vigili Urbani di Roma Capitale per i rilievi, e pertanto si dovrà attendere il rilascio del rapporto da questi stessi redatto.

Nel frattempo, le dice il marito, " abbiamo fatto la denuncia alla nostra assicurazione e la richiesta di danni a quella della controparte". Maria ricorda solo che ad una curva è stata investita sul proprio volto da una coppia di fari abbaglianti, cui ha fatto seguito il violento impatto. Non ricorda di aver effettuato la invasione della corsia opposta, ma non può essere precisa a tale proposito. I figli, Lorenzo di 25 anni e Chiara di 23, la rassicurano e le chiedono di non preoccuparsi, perché alle pratiche amministrative penseranno loro.

Maria, che è la proprietaria dell'auto, firma una delega al marito, cui peraltro chiede come sia ridotta la sua Panda. Il marito le dice che è già in riparazione presso una carrozzeria. I tempi però si prevedono lunghi per 2 motivi, primo perché la riparazione riguarda tanto la meccanica che la carrozzeria e secondo perché si attendono le decisioni dei periti assicurativi prima di poter procedere alla riparazione.

Buona notizia è però che il telaio dell'auto non ha subito danni e pertanto la macchina ritornerà come nuova.

Maria si trova a letto, a riposo. Alle 12 del secondo giorno arriva di nuovo il dott. Luca a trovarla, per chiederle come si senta. In questa occasione Maria lo guarda ancora più attentamente.

Luca ha una leggera e corta barba in viso, ma a ben guardare Maria intravede vaghe somiglianze con sé stessa. Li vede soprattutto nel naso e nelle orecchie. Ma forse sbaglia ed è vittima della propria suggestione, per un problema che mai si è sopito nella propria coscienza. Si rende pertanto conto di esagerare e saluta Luca il quale le dice che il giorno dopo gli infermieri provvederanno a farle fare i primi passi, con gli ausili del caso.

Il giorno dopo Gerardo la aiuta ad alzarsi e con l'occasione lei le chiede l'età del dott. Moretti, aggiungendo che le pare un medico molto giovane. Gerardo le dice quel che sa e cioè che Luca è lì da poco e che ha 33 anni.

"Caspita", pensa Maria. "Anche l'età è quella del mio Luca." Ma la sua "ratio" respinge ogni possibile sovrapposizione con il proprio Luca, anche in ragione del fatto che suo figlio potrebbe essere finito in qualsiasi altra città d'Italia e quel nome, Luca, non è affatto detto che sia stato confermato dai genitori adottivi.

Gerardo la aiuta ad alzarsi ed insieme fanno i primi passi. A Maria vengono consegnati due bastoni canadesi e per i primi passi Gerardo chiama anche un altro collega, di modo che uno possa posizionarsi di fronte a lei e l'altro dietro. Maria risponde bene alle prime sollecitazioni. Avverte un lieve dolore in corrispondenza della ferita che però si è anche ridotto, rispetto ai due giorni precedenti. La prima esperienza si conclude con pochi passi dentro la stanza, per poi tornare a letto.

Il giorno successivo il dott. Luca arriva sempre verso le 12 e, appreso della felice iniziazione ai primi passi, chiede a Maria di alzarsi e di effettuare qualche passo con lui.

Chiede ovviamente la presenza di due infermieri e stavolta Maria viene invitata e fare qualche passo sul corridoio. La passeggiata va molto bene e Luca si congratula con Maria. Al rientro in camera Maria si rimette a letto e chiede a Luca del suo lavoro.

“Mi sono laureato nel 2011 in Medicina e Chirurgia al Policlinico Umberto I, cattedra 1 di Medicina alla Sapienza, e specializzato nel 2017. Nel 2018 sono entrato qui al S. Andrea come specialista in ortopedia. La scuola qui è ottima, cara signora."

"Un ottimo percorso di studi, dott. Luca. Chissà come sono entusiasti i suoi genitori di Lei. Spero per Lei che li abbia entrambi. Mi scusi ".

"Si. Li ho entrambi, sono 2 medici e sono genitori magnifici, eccezionali, unici ".

"Complimenti, dottore. Non perda questo sano orientamento verso il paziente "dice Maria, temendo di essere stata particolarmente confidenziale con lui.

“Grazie, signora. Grazie di questa sua raccomandazione, che definirei di stampo maternalistico. Ma , mi dica, Lei di cosa si occupa? “

“Sono insegnante di italiano e latino in un liceo di Roma “

“Complimenti, lei è una persona solare, determinata, di forte empatia. Chissà i suoi studenti come le saranno affezionati !!!”

“Non mi posso lamentare. Pensi che mi trovo qui a seguito di un incidente stradale occorsomi per tornare a casa dopo una cena della classe, prima della maturità”.

“Quando inizia la maturità”?

“Per metà Giugno circa”

“Mi spiace, ma per quella data lei non sarà ancora in grado di rientrare. “

“Tanto non prendo parte agli esami. Ed il programma l’ho già terminato. Avranno un supplente fino alla fine dell’anno, ma per pochi altri giorni. “

“La saluto, Prof. “

“A domani, dott. Luca “

Nel pomeriggio Maria riceve anche la visita della scolaresca, accorsa in massa a trovarla.

Nel corso del loro incontro, che avviene nei corridoi di attesa fuori al reparto di “ortopedia donne”, ove Maria chiede di andare insieme con gli infermieri che la accompagnano e la fanno sedere, passa di lì anche Luca.

Maria non perde occasione per salutarlo e per presentarlo ai propri studenti.

Luca si compiace e saluta tutti augurando ad essi un grande “in culo alla balena” per affrontare l’esame di maturità.

Segue un corale “IN CULO “.

Tra i ragazzi c’è anche il Profili e Maria gli raccomanda di ripassare la letteratura, in particolare Pirandello che potrebbe costituire anche una delle proposte per la prima prova scritta.

Profili la rassicura sul suo personale impegno e aggiunge di voler ripassare bene tutti i maggiori autori italiani.

“ Bravo Profili, la testa non ti manca, se ti impegni otterrai bei risultati”, gli dice Maria.

Maria aggiunge ai ragazzi che non potrà essere presente nel corso degli esami , ma fornisce loro il proprio recapito telefonico pregandoli di chiamarla per avere chiarimenti, fugare dubbi, per approfondimenti, e soprattutto per informarla della prova scritta , di quella orale e poi dei risultati finali.

I ragazzi si congedano da Maria contenti da una parte di averla trovata bene ed in forte recupero, consapevoli che poteva andarle anche molto peggio a seguito di uno scontro frontale , ma per l'altro verso rammaricati per dover fare a meno negli ultimi giorni di scuola di una docente valida e simpatica, che ben avrebbe potuto aiutarli nei ripassi generali della letteratura italiana, in particolare.

Maria , nel corso di un triennio trascorso con questi ragazzi, ha cercato sempre di stimolare in essi la curiosità ed il desiderio di sapere. Lei ha sempre tenuto a precisare ai ragazzi che non si accontenta che essi studino ed assimilino il programma curriculare, ma pretende che arrivino ad amare il sapere in ogni direzione, inteso come interesse a saperne in qualsiasi argomento, dallo sport alla letteratura, dalla matematica all'arte, dalla musica alla politica, financo alla pubblicità intesa come veicolo strategico per catturare interessi e creare stimoli che siano commercialmente e culturalmente proficui.

Insomma Maria ha voluto promuovere nei ragazzi una coscienza speculativa, ha voluto stimolare l'interesse, l'osservazione , ciò che costituisce l'impalcatura dell'esperienza e del sapere, nell'ottica dell' Io-penso Kantiano.

E quanto da lei raccomandato sta esattamente a sottolineare la differenza tra istruzione e cultura, quest'ultima come consapevolezza di tutto ciò che ci circonda.

Di tutto ciò i ragazzi hanno tratto un grande insegnamento e sono tutti, ma proprio tutti, molto affezionati alla loro Prof. Maria.

Cap XI – Le riflessioni di Maria

Maria rimarrà in Ospedale per altri pochi giorni prima di essere dimessa.

Si rende conto di quanto riesca ad accarezzare l'idea che Luca possa essere suo figlio, ma si rende anche conto che troppe sono le variabili che dovrebbero convergere verso la soluzione da lei ipotizzata. Eppure, a letto, ad occhi chiusi, le piace immaginare che Luca possa essere proprio quel Luca, il proprio figlio. Ma si rende quasi conto di coltivare una idea impossibile, una chimera, che magari a lei appare praticabile con lo spirito di parte del quale è pervasa, ma che chiunque altro considererebbe una idea ridicola.

In ogni caso Maria pensa di voler approfondire il discorso con Luca chiedendogli qualcos'altro, principalmente la sua data di nascita.

Ma riflette a fondo su tale aspetto. Se poi i propri sospetti si rivelassero fondati? Cominciamo col dire che se Luca fosse nato il 21.3.1986, cosa poi potrebbe dire lei a lui?

Luca pretenderebbe di sapere perché sia presente in lei tanta curiosità . E lei cosa dovrebbe fare? Ricorrere alla menzogna, dopo quanto gli ha fatto passare? Una menzogna sarebbe la ciliegina sulla torta. E se invece gli dicesse la verità e si rivelassero le verità sconosciute? Cosa potrebbe accadere? Quali conseguenze per il proprio marito e gli ignari figli, ai quali lei non sarebbe più in grado di nascondere la verità. E come reagirebbero, in particolare i propri figli di fronte a ciò?

Si innescherebbero una serie di effetti domino che lei dovrebbe improvvisamente fronteggiare, additata peraltro come madre torbida e misteriosa dai figli. Ed il marito? Sì, conosce i fatti, ma di fronte ad una notizia del genere, come avrebbe reagito? Sicuramente in modo maturo e responsabile, aiutandola. Ma, in ogni caso, potrebbe accusare Maria di essere andata a cercare con il lanternino di fare luce su una questione che lei stessa aveva deciso di dimenticare, anche se questa ipotesi potrebbe essere eccessivamente malevola nei confronti di Fabio.

A Maria, comunque sia, non pare francamente il caso di intraprendere ulteriori indagini.

A tale proposito lei pensa anche alle conseguenze su Luca. Se le cose stanno come Luca ha detto, egli ha genitori assai meritevoli sul campo. Persone che lo hanno amato e cresciuto guadagnandosi a pieno titolo il merito di genitori in tutto e per tutto. Quanto lacerante sarebbe per Luca apprendere questa improvvisa ed imprevista verità?

E quanto sarebbe dirompente per i genitori adottivi di lui?

Maria vede effetti negativi su tutti i fronti. Pertanto si auto censura su qualsiasi ulteriore iniziativa nella direzione solo ventilata.

Maria rinvia comunque tutto al successivo incontro con Luca, anche se ormai ha deciso di desistere da ulteriori approcci nella direzione della possibile scoperta e messa a nudo delle verità a quel momento ipoteticamente sconosciute.

Il giorno dopo Luca entra nella stanza di Maria verso le 12 e le comunica che è in dimissioni per il giorno successivo.

Maria è avvolta da un turbinio contrastato di sentimenti: la contentezza di abbandonare l'Ospedale e tornare a casa dalla propria famiglia, e il rammarico per dover lasciare Luca, che ormai era abituata a vedere quotidianamente.

Luca le dice che il giorno dopo non si incontreranno e Maria è nuovamente pervasa dal desiderio di parlare con Luca della loro questione ma, in una rapida sintesi mentale , ripercorre tutte le negatività analizzate il giorno prima e desiste definitivamente da ogni ulteriore proposito.

Luca le dice comunque che a distanza di quindici giorni dovrà ripresentarsi da lui in Ospedale per permettergli di valutare il decorso della guarigione e le prescrive di effettuare fisioterapia fuori dall'Ospedale o se, preferisce, dentro l'Ospedale.

Maria è felice di poter rincontrare Luca, ma si ripromette di non fare più cenno sulla questione. Il brutto sarebbe se lei venisse a sapere la data di nascita che coincidesse con quella del 21.3.1986. Ma pensa anche che difficilmente Luca potrebbe riferirgliela, se non a domanda. Vivrà sul filo del rasoio, ma questo da una parte le provoca qualche stimolo.

Maria rassicura il dott. Moretti sulla visita medica richiesta a distanza di 15 giorni, precisando che non mancherà di presentarsi in ambulatorio.

Maria saluta Luca. Gli chiede un bacio e Luca la asseconda . Dal contatto, quasi in virtù di un sesto senso, Maria sente un profumo familiare a conferma delle proprie intuizioni, e ne è turbata, ma pensa sempre di essere vittima della propria autosuggestione.

Insomma, Maria mette la parola fine su quel sogno che ha accarezzato per giorni, proprio quel sogno da lei stessa infranto 33 anni prima.

Maria , rimanendo sola nella propria stanza di ospedale, ripercorre con la memoria la vicenda del proprio figlio. Pensa a cosa sarebbe potuto accadere se lo avesse tenuto. Lo avrebbe allattato, coccolato, baciato, cambiato dopo i suoi bisogni, avrebbe assistito alle sue piccole conquiste : le prime parole, i primi passi , e si sarebbe sentita chiamare da lui “Mamma !!”. Avrebbe studiato con Luca sulle sue gambe od a portata di sguardo, e le loro vite sarebbero state diverse . Ma sarebbe arrivato Luca , ammesso e non concesso di parlare della medesima persona, dove egli oggi è arrivato ? Tutto ciò Maria lo avrebbe dovuto rivelare necessariamente alla Zia Peppina che poco avrebbe digerito la faccenda, ma che poi nel tempo sarebbe stata sicuramente conquistata da un bimbo come Luca. Ed ovviamente avrebbe incrementato le proprie elargizioni. Ma tutto ciò è dettato da un “SE”..

La realtà è stata quella che è stata, e Maria si rende conto che ripercorrerla con tutte le varie possibili ipotesi alternative è un esercizio assolutamente ozioso. È stata una sua scelta responsabile. In quel momento della propria vita lei doveva scegliere. E nella vita non capita poi tanto spesso di “dover scegliere” su questioni di grande importanza, come questa. E Maria ha scelto con convinzione , nella consapevolezza e nella gioia di mettere al mondo un figlio. Nessun rimorso perché nessun male c’è mai stato, ma neanche nessun rimpianto perché tornando indietro avrebbe rifatto la medesima cosa. Solo una grande pulsione : quella di poter conoscere il proprio figlio , affacciatasi quasi per caso nella circostanza. Ma forse dovuta al contesto, libera espressione del proprio fantasticare in quella precisa circostanza.

Arriva in Ospedale il marito, il quale comunica a Maria che dalle perizie dei Vigili Urbani si evince che la vettura di Maria marciava regolarmente sulla propria corsia ed è stata investita dall'altra auto, forse a causa di uno sbandamento di questa ultima. Circostanze da chiarire, ma che sollevano Maria dalla responsabilità del sinistro.

Maria abbandona l'Ospedale con questa notizia che la conforta e torna al suo mondo. Avrà il tempo di tornare a casa, godersi la propria splendida famiglia ed i propri splendidi figli e tornerà tutto come prima.

La questione del dott. Luca Moretti diverrà presto un ricordo, un dolce ricordo da tenere nel proprio cuore.

Maria stava anche pensando se fosse stato il caso di informarne il marito Fabio di questa parentesi ospedaliera con il dott. Moretti, ma al momento le sembrava del tutto superfluo anche questo. Magari era solo tutta una sua ricca immaginazione, frutto delle sue remote frustrazioni, mai sopite.

Ma, a pensarci meglio, perché glielo avrebbe dovuto tacere? Fabio è suo marito, il suo compagno, l'uomo che ama, l'uomo della sua vita e perché nascondergli questo ? Questa rivelazione potrà servire solo a rafforzare il loro legame. Fabio capirà bene.

FINE

Fonte Nuova (RM), 15.1.2020

N.B.: ogni riferimenti a persone , fatti o cose è puramente casuale ed anche la scelta dei nomi e cognomi è improntata a pura fantasia.

Desidero ringraziare mia moglie Pina Nicolini per i suggerimenti ricevuti, Mario Vitali per l'aiuto espresso per la stesura e la divulgazione dell'opera, unitamente a Eleonora Vitaliani, a Giuseppe Bova, a mia cugina Annachiara Martello, a mia cognata Paola D'Angelo, ed ai miei figli Lorenzo e Chiara.

INDICE :

Massimo Runfola è nato nel 1953 a Roma ed è oggi un pensionato della Pubblica Amministrazione, dopo quasi 40 anni svolti come funzionario dell'Inail, ispettore del Lavoro. Coniugato con due figli.

Questa è la seconda opera, nata come idea per la realizzazione di un film e poi sviluppata nella parte descrittiva per giungere ad un romanzo, su sollecitazione di lettori amici e parenti.

www.ingramcontent.com/pod-product-compliance
Ingram Content Group UK Ltd.
Pitfield, Milton Keynes, MK11 3LW, UK
UKHW041638190726
13854UKWH00006B/2566

9 798618 880343